PAPA

FANNY

HERBERT

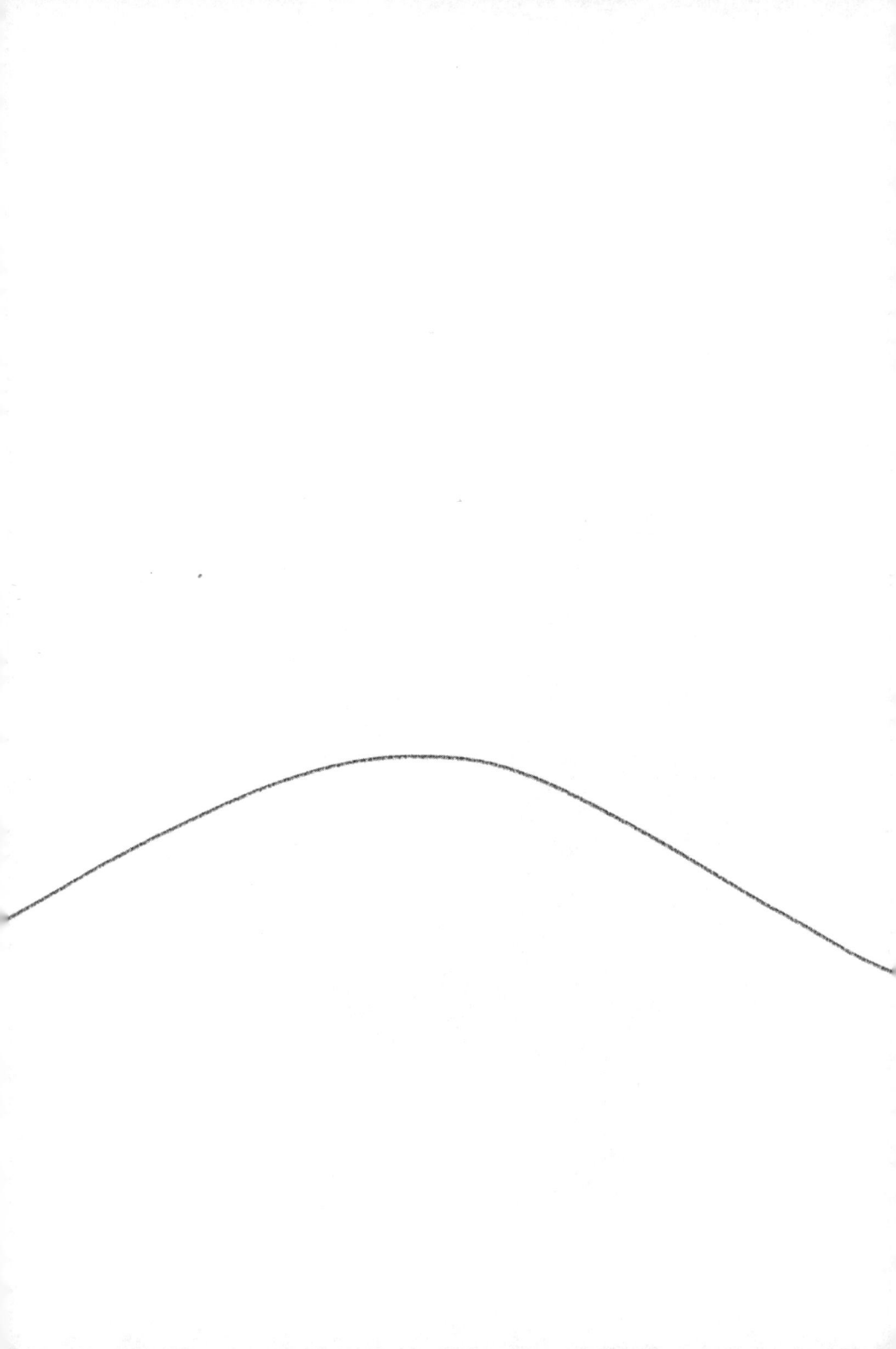

Jutta Nymphius

Hotel
Wunderbar

Mit Bildern von Stephan Pricken

TULIPAN VERLAG

Für Benjamin Ahmed, der in den kalten
Wintermonaten Obdachlose kostenlos in
den frei stehenden Zimmern
seines »Hotel Mozart« in Brüssel
wohnen lässt

Ich weiß, was Weihnachten ist.
Weihnachten ist ein Tannenbaum, aber ein echter.
So einer mit klebrigen Nadeln, die gut riechen.
Auf gar keinen Fall ist Weihnachten
ein Plastikbaum zum Aufklappen.

Warm ums Herz

»Hilfe, Hiiilfeee!«

Henry fuchtelt übertrieben wild mit den Armen und lässt sich nach hinten fallen, um sich dann im allerletzten Moment noch festzuhalten.

»Hör auf mit dem Quatsch«, schimpft Fanny, die unten steht und die Leiter festhält. »Jetzt sieh lieber zu, dass wir fertig werden. Mir ist schon ganz kalt! Außerdem musst du noch das Abendessen für die Gäste vorbereiten!«

»Ja, ja, ich mach schon«, antwortet Henry und blinzelt Mika verschwörerisch zu. »Guck doch!« Mit diesen Worten fummelt er eine Tannenzweig-Girlande von dem Hotelschild und wirft sie sich wie eine Stola schwungvoll um den Hals. Dann breitet er die Arme aus und schmettert »Tatatataaa!«.

Mika seufzt. Er weiß, dass Henry ihn zum Lachen bringen will. Das versucht er immer. Aber ihm ist gerade nun mal überhaupt nicht zum Lachen zumute. Er ist einfach nur froh, wenn endlich diese Plastikzweige verschwinden, die über dem Hoteleingang hängen und vergeblich versuchen, eine festliche Stimmung zu verbreiten. Genau wie dieser scheußliche Weihnachtsbaum in der Eingangshalle! Der ist auch aus Plastik und man kann ihn auf- und zuklappen wie einen Regenschirm.

Papa hat ihn eines Tages angeschleppt und gemeint, der sei doch schön und außerdem sehr praktisch. Dann ist er wie immer in seinem Büro verschwunden und hat die Tür fest hinter sich zugemacht.

Mika seufzt noch einmal. Papa ist doch nur erleichtert gewesen, dass er sich von nun an überhaupt nicht mehr um Weihnachten kümmern musste! Denn seitdem hängen Henry und Fanny jedes Jahr im Dezember denselben Plastikschmuck draußen über dem Hoteleingang auf und stellen denselben Regenschirmbaum in die Eingangshalle. Im Januar kommt dann alles wieder weg. Und mit dem echten Baum und den echten Tannenzweig-Girlanden sind bei Mika auch die ganzen schönen, warmen Weihnachtsgefühle verschwunden.

Henry hat sich inzwischen noch zwei rote Kugeln an die Ohren gehängt und klimpert wie eine feine Dame mit den Augenlidern. Jetzt muss Mika doch ein bisschen grinsen. Selbst Fanny schüttelt kichernd den Kopf.

Früher haben sie alle gern Weihnachten gefeiert. Es haben auch viel mehr Gäste in ihrem kleinen Hotel gewohnt. Mama und Papa hatten sogar einen Seitenflügel mit sechs neuen Zimmern anbauen lassen, um bei guter Belegung alle unterbringen zu können. Am Heiligen Abend durften dann alle Angestellten und Gäste ausnahmsweise in den großen Wohnraum neben der Küche kommen, auf dem das Schild »Privat« steht und der eigentlich nur für ihn, Mama und Papa bestimmt war. Aber an diesem Abend war er für alle geöffnet, denn, wie Mama immer sagte: Gastfreundschaft ist das Wichtigste auf der Welt. »Allah hat wohl deswegen gewollt, dass ich einen Hotelbesitzer heirate«, hat sie augenzwinkernd hinzugefügt. Damit hat sie Papa gemeint.

Obwohl Mama aus Marokko kam und Weihnachten ursprünglich gar nicht kannte, fand sie es doch immer schön. Immer wieder ist sie herumgegangen und hat geguckt, ob auch alle noch etwas in ihren Gläsern und auf ihren Tellern hatten. Mika sieht sie noch vor sich, die Salate mit einer Rose aus Tomaten, die belegten Brote mit einem Gurkenherz oder den Kaffee mit einem selbst gebackenen Keks auf den Untertassen. Immer hat Mama etwas Hübsches dazugelegt.

Aber dann ist sie krank geworden und jetzt ist sie eben nicht mehr da. Schon lange. Mika zuckt mit den Achseln.

Inzwischen hat Henry alle Zweige und Kugeln abgenommen. Auch die von seinen Ohren. Er und Fanny verstauen alles in großen Kartons. »Kommst du mit rein, Mika?«

Mika nickt. Ja, er kommt mit rein. Gleich. Noch einen kleinen Moment möchte er warten. Warten und wünschen. Vielleicht geht er ja doch noch in Erfüllung, sein einziger, wirklicher Weihnachtswunsch. Dass es wieder einmal so wird wie damals auf der gemeinsamen Feier. Schön und gut und irgendwie ... warm. Er wird es sich jetzt ganz fest wünschen, auch wenn es im Januar eigentlich schon viel zu spät ist für einen Weihnachtswunsch. Aber das wäre Mama bestimmt auch egal gewesen.

Mika wartet. Fanny und Henry winken schon ganz ungeduldig zu ihm herüber. Es ist kalt und er hat eine viel zu dünne Jacke an. Da – auf einmal spürt er es, das warme Gefühl. Warm und – nass. Unten an seinem linken Hosenbein.

Langsam blickt Mika an sich herunter, kann aber nichts erkennen. Er dreht den Kopf nach hinten. Da ist etwas, das herumwirbelt und aussieht wie ein kleiner schwarzer Propeller.

»Hey, wer bist du denn?« Mika kniet sich hin. Der kleine schwarze Hund, der ihm gerade eben ans Bein gepieselt hat, läuft erst erschrocken einige Schritte weg, guckt dann aber neugierig zurück. Schließlich läuft er wieder zu Mika hin. Es ist noch ein ganz junger Hund, ein richtiger Welpe. Er hat einen kleinen, sehr runden Kopf mit einer ganz weichen Schnauze. Das merkt Mika, als der Hund eifrig seine Hand abzuschlecken beginnt. Wie das kitzelt!

Sein Fell kringelt sich an einigen Stellen zu kleinen schwarzen Löckchen, die genauso abstehen wie Mikas Haare, wenn er sich morgens noch nicht gekämmt hat. Das Auffälligste an dem Hund aber ist sein kurzes Stummelschwänzchen: Damit wedelt er so heftig hin und her, dass der ganze Po mitwackelt und der kleine Körper fast umfällt. Mika stellt sich vor, dass sich der Hund gleich wie ein Hubschrauber mit seinem Propeller in die Luft erheben wird. Da muss er doch ein wenig lachen.

Plötzlich dreht sich der Hund um und will weglaufen.

»Halt, nein, warte!«, ruft Mika erschrocken und versucht ihn festzuhalten. »Sollen wir mal in der Küche nachsehen, ob wir ein leckeres Würstchen für dich finden? Ja? Würde dir das gefallen? Bleib hier, Hündchen, bleib doch hier!«

Der kleine Hund fängt laut an zu kläffen und versucht Mikas Händen zu entkommen.

»Was machst du da mit Silvester, Junge!«, dröhnt plötzlich eine tiefe Stimme über Mika. »Tu ihm bloß nicht weh!«

Erschrocken springt Mika auf. Sein nasses Hosenbein fühlt sich plötzlich nicht mehr warm, sondern kalt und klamm an. Er schaut geradewegs auf einen Mantel. Auf einen alten, sehr schmutzigen Mantel. Hm. Er schnüffelt.

»Jaja, ich weiß, ich rieche nicht gerade wie ein Rosenbeet, stimmt's?«, brummt die Stimme über ihm wieder ungnädig.

Vorsichtig schaut Mika hoch. Immer höher. Ganz
weit oben sieht er einen Kopf mit einem zotteligen Bart
und langen Haaren, die noch schlimmer aussehen als
Mikas morgens vor dem Kämmen.

Vor ihm steht ein wirklicher und echter Riese! Als Mika ein paar Schritte zurückgeht, schrumpft der Riese ein wenig. Aber er ist immer noch sehr groß. Ob der Mann jung oder alt ist, kann Mika nicht erkennen, dafür hat er überall zu viele Haare. Sogar auf seinen verblüffend kleinen, runden Ohren kann Mika im Gegenlicht feine Härchen sehen.

»Silvester?«, stottert Mika jetzt. Mehr fällt ihm im Moment nicht ein.

»Ja, Silvester«, brummt der Riese. »Mein Hund. Ich habe ihn so genannt, weil ich ihn am Silvesterabend gefunden habe, zwischen den Mülltonnen. Er hatte wohl genauso viel Hunger wie ich.«

Mit diesen Worten nimmt der Mann Silvester in seine Hände, die so groß sind wie Bärentatzen. Der kleine Hund verschwindet fast darin. Nur noch sein aufgeregt wedelndes Schwänzchen ist zwischen den Fingern zu sehen.

»Ach so, klar, Silvester«, sagt Mika jetzt und nickt. Er kommt sich ein bisschen dumm vor.

»Ja, Silvester. Wie heißt du denn? Weihnachten?« Der Mann muss über seinen eigenen Witz laut lachen, bevor er heiser zu husten beginnt. Dabei kann Mika sehen, dass ihm vorn zwei Zähne fehlen.

Mika schüttelt den Kopf. »Nein, ich heiße Mika«, sagt er ernst.

»Mika? Komischer Name!«

»Eigentlich Mikail. Aber alle sagen Mika.«

»Dann sind wir Namensvettern!«, freut sich der große Mann. »Ich heiße nämlich Michael. Und weiter heißt du …«

Mika sieht, wie der Mann mühsam das Schild über dem Hoteleingang zu entziffern versucht. *Hotel Jameel* steht darauf. »Weiter heißt du Jameel, stimmt's? Ich habe dich nämlich schon oft hier gesehen und weiß, dass das Hotel deinem Vater gehört!«

Mika schüttelt den Kopf. »Ja, nein, ich meine, das stimmt zwar, aber Jameel ist arabisch und bedeutet wunderbar«, erklärt er leise. »Mit Nachnamen heiße ich aber Bär.«

Jetzt prustet der große Mann so laut los, dass Mika Angst vor einem neuen Hustenanfall bekommt. »Dann sind wir sogar zweimal Namensvettern! Meine Freunde nennen mich nämlich Teddy«, erklärt der Mann immer noch lachend.

Mika schaut ihn an. Die vielen Haare, der große Körper mit den riesigen Pranken und den kleinen Ohren – ja, Teddybär passt ganz gut.

»So, jetzt müssen wir aber gehen!«, erklärt Teddy energisch. »Es gibt noch viel zu tun, nicht wahr, Silvester?«

Vorsichtig setzt er den kleinen Hund auf die Straße und wendet sich zum Gehen. Silvester rennt freudig bellend voraus.

»Nein, wartet!« Mika möchte nicht, dass Silvester geht. »Ich wollte doch noch ein Würstchen holen!«

Teddy dreht sich um und schaut Mika nachdenklich an. »Ein Würstchen, hm, ja, das würde ihm gefallen. Aber nicht jetzt. Morgen vielleicht. Ja, morgen könnten wir es einrichten.« Dann ruft er dem Hund hinterher: »Hey, warte, Silvester, ich komme ja. Ein alter Mann ist keine Dampflok!«

»Okay, dann also morgen«, flüstert Mika beschwörend zu sich selbst und hebt ein bisschen hilflos die Hand. »Ich werde hier sein!«

Plötzlich bleibt Teddy noch einmal stehen, als hätte er Mika gehört. »Ach übrigens, ich hätte gar nichts dagegen, wenn du für einen alten Mann auch noch ein Würstchen übrig hättest!«

Dann sind die beiden schon um die Ecke verschwunden.

Eiskalt und steinhart

Mika sieht das Kissen in hohem Bogen auf sich zukommen und kann gerade noch ausweichen, bevor es krachend den hinter ihm stehenden Stuhl umwirft. Er nimmt es vom Boden auf und schleudert es zurück zu Fanny.

»Pass auf, ich bin stärker!«

Fanny knallt das Kissen auf das Bett, das sie gerade machen will, und stemmt ihre Hände in die Hüften.

»Wenn du mich noch einmal fragst, wie spät es ist, Mika, werfe ich dir das gesamte Bett hinterher! Du hast mich jetzt bestimmt schon zwanzigmal nach der Uhrzeit gefragt! Was ist denn bloß los? Hast du noch was vor? Es sind doch Ferien! Hilf mir lieber die Betten zu beziehen, anstatt hier nur herumzustehen und mich als Zeitansage zu benutzen!«

Mika seufzt und macht sich an die Arbeit. Geschickt beginnt er, das zweite Bett im Zimmer zu beziehen. Wie man das macht, hat ihm Fanny beigebracht: Erst muss

man das Betttuch auf links ziehen, dann hineinfassen, die Ecken der Decke greifen und das Betttuch über die Decke schütteln, bis es am anderen, unteren Ende an-kommt. Das macht Mika immer besonders viel Spaß. Er schüttelt nicht nur die Arme, sondern auch den Po und beginnt schließlich im Zimmer umherzustolzieren, während er wie ein Torero mit der Decke wedelt. Der Stuhl ist der Stier.

Fertig! Zufrieden breitet er die bezogene Decke über dem Bett aus. Jetzt ist der Stuhl wieder ein Stuhl.

Fanny lacht schon wieder. Typisch. Egal, wie sehr sie auch schimpfen mag, sie kann Mika nie lange böse sein. Fanny ist schon in Ordnung.

»Hast du eigentlich noch Hausaufgaben auf?«, fragt sie ihn jetzt, während sie energisch ein Kissen glatt streicht. »Du weißt, in ein paar Tagen geht die Schule wieder los. Und den Ranzen solltest du vorher auch noch einmal ausmisten, sonst müssen wir ihn bald mit der Sackkarre zur Schule transportieren.«

Mika macht jetzt lieber, dass er davonkommt. Wenn Fanny anfängt, nach der Schule zu fragen, hört sie so schnell nicht wieder auf. Und Mika hat jetzt wirklich Wichtigeres zu tun. Nach der Uhrzeit zu fragen zum Beispiel.

Denn heute Morgen ist ihm siedend heiß eingefallen, dass er mit Teddy und Silvester gar keine Zeit für ihr Treffen ausgemacht hat! Also will er sich sicherheitshalber um die gleiche Uhrzeit an die gleiche Stelle stellen. Das heißt um 14.08 Uhr draußen an die Ecke des Hotels. Mika weiß, dass es um diese Zeit gewesen sein muss, weil er gestern auf die Uhr in der Eingangshalle geguckt hat, als er wieder hineinging. Da war es 14.15 Uhr gewesen. Er schätzt, dass das Treffen vorher mit Teddy und Silvester etwa sieben Minuten gedauert hat.

»Fanny, wie viel Uhr ist es jetzt?«, fragt Mika. Auf

gar keinen Fall will er Silvester und Teddy verpassen! Als Fanny ihn aber nur wütend anguckt und statt einer Antwort am Bett zu ruckeln und zu ziehen beginnt, läuft er doch lieber schnell den Flur hinunter.

Eigentlich will Mika in die Küche zu Henry, denn langsam muss er sich um die Würstchen kümmern. Aber da fühlt er einen Zettel in seiner Hosentasche und bleibt unschlüssig stehen. Er zieht das ziemlich zerknitterte Blatt Papier hervor und streicht es unbeholfen glatt. Ein Spielfeld ähnlich wie ein Schachbrett ist daraufgemalt. Das hat Papa mal für ihn gemacht, vor langer Zeit. Hat er denn auch …? Ja, die fünf kleinen Spielsteine sind auch noch da, in der anderen Tasche.

Mika schaut auf die Tür, vor der er stehen geblieben ist. Sie ist geschlossen. Wie immer. Vorsichtig drückt er die Klinke herunter und steckt schüchtern seinen Kopf ins Zimmer. Papa sitzt am Schreibtisch und tut so, als würde er über den Hotelabrechnungen brüten, die vor ihm liegen. Aber er hält seinen Kopf merkwürdig tief. Richtig hängen lässt er ihn, nur die Hände scheinen ihn noch zu stützen.

»Papa?«, fragt Mika leise.

»Hm?«

Papa hebt den Kopf und sieht ihn an. Zumindest richtet er seine Augen auf ihn, aber sein Blick scheint durch Mika hindurchzugehen. Als sei er aus Luft und gar nicht richtig zu sehen.

»Papa, spielst du mit mir *Hase und Jäger*«?

Mika liebt dieses Spiel, das ihm Papa einmal gezeigt hat. Papa kann es sehr gut spielen und hat ihm erklärt, wie man fast sicher gewinnt, egal, ob man gerade Hase oder Jäger ist. Inzwischen hat Mika das wieder vergessen. Doch nie kann er Papa dazu überreden, es ihm noch einmal beizubringen.

»Nein, nicht jetzt, Mika«, antwortet Papa müde. »Ich muss noch die Rechnungen hier kontrollieren. Später vielleicht.«

»Ist gut.« Mika hat nichts anderes erwartet. Vorsichtig will er die Tür wieder schließen, als ihm noch etwas einfällt. »Papa, wo du gerade ›später‹ sagst: Wie viel Uhr ist es eigentlich?«

Papa zuckt mit den Achseln. Aber dann scheint er sich zu erinnern, dass er ja eine Armbanduhr trägt: »Warte mal, gleich eins. Wieso?«

»Nur so!«, erwidert Mika. Jetzt hat er es eilig, zu Henry in die Küche zu kommen. Schon eins!

Von Weitem hört er Geschirrklappern. Henry bereitet sicher das Abendessen vor, das will er immer ganz frisch machen. Auf der Abendkarte stehen auch Würstchen mit Kartoffelsalat, das weiß Mika. Es dürfte also keine Schwierigkeiten geben.

»Hallo, Henry! Alles klar?« Mika versucht das so zu sagen, als sei er gerade ganz zufällig an der Küche vorbeigekommen. Henry hat ihn wohl schon vorher gehört, denn als er sich jetzt umdreht, klemmen zwei große Gurkenscheiben vor seinen Augen.

»Wer sind Sie, mein Herr? Hilfe, ich kann nichts sehen!«, ruft er klagend und tastet sich mit weit vorgestreckten Armen durch den Raum. Als er bei Mika ankommt, streicht er ihm erst über den Kopf, so als wolle er ihn dadurch erkennen. Dann fängt er auf einmal an, ihn zu kitzeln.

»He, lass das, Henry!«, versucht Mika ihn abzuwehren und muss dann doch lachen.

Schnell stopft sich Henry ein Radieschen ins Ohr, zieht es wieder heraus und ruft: »Hä? Bitte sehr, der Herr? Ich kann nämlich auch nur sehr schlecht hören!«

Aber jetzt schiebt Mika ihn zur Seite. Er will sehen, was Henry gerade zubereitet. Gott sei Dank, Kartoffelsalat! »Henry, wo sind denn die Würstchen?«

»Die sind noch in der Tiefkühltruhe, ich brauche sie doch erst heute Abend«, meint Henry und versucht leise fluchend ein kleines Blättchen aus seinem Ohr zu pulen.

Die Würstchen! In der Tiefkühltruhe! So kurz vor dem Treffen! Mika rast in den Keller, wo die große Truhe mit den Fleischvorräten steht. Er reißt den Deckel hoch und fummelt zwei Würstchen aus dem Beutel. Kalt! Eiskalt sind sie und steinhart! Wie kriegt er die jetzt bloß schnell warm und weich? Er kann ja schlecht Henry um Hilfe bitten. Der nimmt es mit seiner Küche und den Vorräten sehr genau. Außerdem möchte Mika niemandem von Silvester und Teddy erzählen.

Also haucht Mika die Würstchen an und reibt sie zwischen seinen Händen, bis diese genauso eiskalt sind. Er betrachtet seine dicken, roten Finger, die jetzt selbst wie Wiener aussehen. Dann hat er eine Idee: Er hebt seinen Pulli und steckt sich die Würstchen oben in die Hose, vorn an den nackten Bauch. »IIIIeeehhh!«

»Alles in Ordnung, Mika? Warum schreist du denn so?« Besorgt erscheint Henry an der Tür.

Schlotternd dreht sich Mika um. »Sch…sch…schon gugugut«, stottert er. »Sa…sa…sag ma, Henry, wie spä…spä…spät ist es eigentlich?«

Ein warmes Plätzchen

Knacks! »Hm, ein bisschen kalt, aber gut. Sehr gut sogar!«, nuschelt Teddy und beißt noch einmal geräuschvoll in sein Würstchen. Knacks!

Er und Silvester sind tatsächlich gekommen, an genau dieselbe Stelle, so wie Mika gehofft hatte. Allerdings waren sie erst um elf Minuten nach zwei da, aber Mika hat nicht nach dem Grund für ihre Verspätung gefragt.

Silvester möchte noch mehr. Immer wieder springt er an Mika hoch und versucht an dessen Bauch zu schnuppern, wo es so lecker riecht. Aber da ist nichts mehr, nur noch rote kalte Haut.

»Lass das, Silvester«, schilt Mika zärtlich und nimmt den kleinen Hund auf den Arm. Der versucht sofort wieder seinen Kopf durch Mikas Jacke hindurch zu dessen Bauch zu bohren, wobei sein Propellerschwänzchen so schnell wedelt, dass man es kaum noch sehen kann. Mika versucht den aufgeregten kleinen Hund zu beruhigen.

Teddy hat inzwischen sein Würstchen aufgegessen und schleckt sich die Finger ab. »Ich glaube, das war das beste Würstchen, das ich je gegessen habe. Und das kälteste«, fügt er noch grinsend hinzu. »Danke, Mika, das war sehr nett von dir. Silvester, los, sag auch Danke!«

Als hätte der kleine Hund Teddy genau verstanden, taucht er mit seinem Kopf aus Mikas Jacke auf und schleckt diesem einmal quer über das Gesicht. Mika muss lachen, aber dann bemerkt er, dass seine nasse Backe sofort zu frieren beginnt. Puh, ist das kalt! Sogar Silvester mit seinem puscheligen Fell zittert! Mika zieht seine Jacke fester um sich und haucht heute wohl zum zweihundertsten Mal in seine Hände.

»So, wir müssen los. Es wird Zeit, sich ein warmes Plätzchen für die Nacht zu suchen. Mach's gut, Mika.« Teddy wendet sich zum Gehen und sofort springt Silvester von Mikas Arm herunter. Er zittert immer noch.

»Ein ... ein warmes Plätzchen für die Nacht?«, ruft Mika den beiden ungläubig hinterher. »Ja, wisst ihr denn noch gar nicht, wo ihr heute schlafen werdet?«

Papa hat ihm schon einmal von Menschen erzählt, die kein Zuhause haben, die draußen auf Bänken, unter Brücken oder in Hauseingängen schlafen. Ist Teddy etwa so jemand? Und ... Silvester auch? Wieder bemerkt Mika, wie sehr der kleine Hund vor Kälte zittert.

Teddy dreht sich zu Mika um und ruft: »Na, in einem Hotel werden wir ganz bestimmt nicht schlafen! Obwohl das gar nicht mal so schlecht wäre!« Er lacht laut und heiser los und will Mika ein letztes Mal zuwinken.

Schlafen? Ein warmes Plätzchen? Im Hotel? Mika überlegt fieberhaft. In seinem Kopf purzelt alles durcheinander wie in einer umgestoßenen Legokiste. Die Hotelgäste ... Es sind nicht mehr so viele ... sechs neue Zimmer im Anbau ... Im Winter stehen sie immer leer ... stehen immer leer! Das ist es!!!

»Haaalt!«, schreit Mika und rennt Teddy und Silvester hinterher, die sich schon ein gutes Stück entfernt haben. Atemlos hält er Teddy an seinem schmutzigen Ärmel fest. »Wartet! Ich habe eine Idee! Bei uns im Hotel gibt es einen neuen Anbau mit Zimmern. Mit leeren Zimmern! Im Winter haben wir nicht genug Gäste, dann wohnt niemand darin. Ihr könnt doch dort schlafen. In einem von den Zimmern.«

Teddy bleibt stehen und kneift misstrauisch die Augen zusammen.

»Was? In einem richtigen Hotelzimmer? Das kostet doch bestimmt einen Haufen Geld!«

»Aber nein«, Mika schüttelt heftig den Kopf. »Kein Geld. Ihr könnt es so haben!«

»Und deine Eltern, was werden die dazu sagen?« Teddy ist noch nicht überzeugt.

»Die ... die sagen, Gastfreundschaft ist das Wichtigste auf der Welt«, stottert Mika ein wenig unsicher und schaut schnell weg. »Aber ... aber sie brauchen es ja nicht unbedingt zu wissen.«

Er überlegt. Papa schließt die Rezeption unten in der Eingangshalle immer um zehn Uhr abends und verriegelt die Außentür. Die Hotelgäste haben alle einen Schlüssel, mit dem sie auch später noch hereinkommen können. Papa geht dann sofort ins Bett, weil er am nächsten Morgen wieder um sieben Uhr aufmachen muss. Und die Zeit dazwischen ... ja, so wird es gehen!

»Teddy, ihr kommt einfach um elf Uhr heute Abend vorn zur Eingangstür«, erklärt Mika aufgeregt. »Dann schlafen alle schon. Ich werde dort auf euch warten. Klopft dreimal vorsichtig an, dann lasse ich euch herein. Und am nächsten Morgen verschwindet ihr vor sieben Uhr wieder, damit euch niemand sieht.«

»Hm, verstehe!«, brummt Teddy. »Damit uns niemand sieht. Das wäre wohl nicht so gut, wie? Solche wie uns im Haus zu wissen, was? Nein, nein, lass mal. Wir kommen zurecht.« Seine Stimme klingt jetzt ein bisschen wütend. Und traurig.

Mika schluckt. »Teddy, so meine ich das nicht. Aber guck doch mal Silvester an! Wie der zittert! Ihr braucht ein warmes Plätzchen für die Nacht. Und ich habe eines.«

Teddy knetet nachdenklich seine kleinen, fein behaarten Ohren. »Schläft da sonst noch jemand?«

»Nein«, beteuert Mika.

»Und ich muss nirgendwo meine Jacke oder so etwas abgeben? Ich kann alles behalten?«

»Natürlich«, stößt Mika verständnislos hervor.

»Und ... wäre da was mit Frühstück zu machen?«

»Ja, ja, klar!«

»Also gut.« Teddy nickt schließlich. »Wir werden um elf Uhr kommen.«

Mika schließt für einen Moment erleichtert die Augen. Doch sofort öffnet er sie wieder erschrocken. Oh nein! Mit leiser Verzweiflung betrachtet er sein Hosenbein, das schon wieder ganz nass ist. Er beugt sich zu Silvester hinunter, der ihn von unten ein wenig schuldbewusst anblickt und dabei ganz sacht mit seinem Schwanz auf den Boden klopft. »He, Kleiner!«, flüstert Mika zärtlich und krault Silvester zwischen den Ohren. »Was machst du denn da immer? Ich bin doch kein Baum!«

Ticktack. Ticktack.

Mika kann im Dunkeln die Leuchtzeiger seiner Uhr gut erkennen. Erst zehn Uhr! Schon vor zwei Stunden ist er freiwillig ins Bett gegangen – um acht Uhr, und das in den Ferien! Fanny hat erst sehr verwundert und dann besorgt geguckt. Doch Mika wollte ein wenig im Voraus schlafen, bevor ihn der Wecker um zehn vor elf wieder unbarmherzig aus dem Bett klingeln würde. Aber – es klappte nicht! Je mehr er sich bemühte, desto wacher wurde er!

Papa hat ihm einmal von dem alten Einschlaftrick mit den Schäfchen erzählt: Man soll sich vorstellen, dass viele Schäfchen über einen Zaun springen, und die dann zählen. Dabei würde man garantiert einschlafen. Mika hat es probiert: eins, zwei, drei ... als er bei einhundertsechsunddreißig angekommen war, gab er es auf. Vielleicht lag es an den Schäfchen? Er versuchte es mit Kaninchen, dann mit Katzen, Füchsen und Hühnern – nichts.

Dann stellte er sich Silvester vor, aber der pieselte sogar in seiner Vorstellung nur gegen den Zaunpfahl. Mit einem hüpfenden Teddy klappte es auch nicht besser. Schließlich versuchte es Mika mit grünen Außerirdischen, die mit Raketenantrieb über den Zaun düsten. Nichts. Also gab Mika es auf und hörte weiter dem Wecker zu.

Ticktack. Ticktack.

Viertel vor elf. Jetzt ist es so weit! Leise steht Mika auf und schleicht zur Zimmertür. Er öffnet sie und schaut den Flur entlang. Alles still. BRRRRR! Die Alarmglocke beginnt laut und schrill zu bimmeln, mitten in den menschenleeren Flur hinein. Mika flucht. Verdammter Wecker! Er hat ganz vergessen, ihn auszustellen! Schnell hechtet er zu seinem Bett zurück, wirft sich auf die Uhr und schmeißt sie unter die Bettdecke. BRRRRR. Dumpf beschwert sich der Wecker über diese lieblose Behandlung.

Also noch einmal. Zimmertür öffnen, links und rechts den Flur entlangschauen. Freie Bahn. Gebückt schleicht Mika durch den Flur zur Eingangshalle und von dort bis zur Außentür. Das mit dem Gebückt-Schleichen hat er mal in einem Indianerfilm gesehen. Klappt auch super. Als er sich dann allerdings aufrichten will, tut ihm der Rücken entsetzlich weh.

Alles ist still. Die Rezeption ist geschlossen, die Halle liegt im Dämmerlicht. Papa ist schlafen gegangen, Henry und Fanny sind längst bei sich zu Hause. Alles läuft nach Plan.

Mika blickt auf die Wanduhr. Hm. Drei Minuten nach elf. Teddy und Mika scheinen sich wohl immer um drei Minuten zu verspäten.

Da! Ein zartes Klopfen, dreimal! Oder war das nur sein laut pochendes Herz? Nein, jetzt hört Mika ganz deutlich ein gar nicht so leises »Wuff«. Sie sind da!

Vorsichtig schließt Mika die Tür mit dem Hausschlüssel auf, der immer an der Rezeption hängt. Durch den sich öffnenden Spalt blicken ihn zwei Augenpaare erwartungsvoll an, eines ganz oben und eines ganz unten.

Mika legt den Finger auf den Mund und Teddy nickt. Nur Silvester scheint nicht richtig verstanden zu haben,

denn er macht schon wieder »Wuff«. Aber Teddy nimmt ihn jetzt auf den Arm und folgt Mika dann durch verschiedene Gänge bis zu der Seitentür, die zu dem Anbau mit den unbenutzten Zimmern führt. Wieder schleichen sie gebückt, wobei Teddy immer noch so groß ist wie Fanny, wenn sie ihre allerhöchsten Stöckelschuhe trägt.

Ganz kalt ist es in dem Anbau. »Wozu sollen wir heizen, wenn doch niemand hier wohnt?«, sagt Fanny immer. Sie kommt während des gesamten Winters kaum hierher, nur ab und zu zum Lüften. Gut so. Mika kann sie jetzt nicht gebrauchen.

Er öffnet die Tür zum ersten Zimmer links. Erwartungsvoll sieht er Teddy an, als der eintritt. Was wird er sagen? Wird es ihm gefallen? Wird er bleiben? Wird Silvester bleiben?

Mika hat sich viel Mühe gegeben. Heute Nachmittag ist er schon heimlich hierhergekommen, hat Wäsche aus dem Dielenschrank genommen, das Bett bezogen, ein Handtuch und ein neues Stück Seife ins Bad gelegt und die Zimmerheizung angestellt. Warm und schön soll es für seine Gäste sein. Für Silvester hat er eine besonders weiche Decke auf dem Boden ausgebreitet.

Teddy bleibt mitten im Zimmer still stehen. Dann geht er langsam zum Bett und drückt prüfend darauf. Mika bemerkt, dass seine Finger auf der weißen Bettdecke noch viel schmutziger aussehen. Überhaupt sieht er hier anders aus als draußen. Fremder.

Teddy nickt. Dann entdeckt er die Badezimmertür und öffnet sie überrascht. Als er wieder herauskommt, sieht er Mika ganz merkwürdig an.

»Schön?«, fragt Mika.

»Schön«, sagt Teddy und nickt wieder.

Sie hören ein leises Fiepen. Silvester hat sich bereits auf die Decke gekuschelt und ist schon eingeschlafen. Nur seine Ohren zucken noch ab und zu im Traum. Mika und Teddy müssen lachen.

»Dann gehe ich jetzt mal besser«, meint Mika. »Morgen um sechs komme ich wieder. Gute Nacht!« Er will gerade zur Tür gehen, als ihm ein Zettel aus der Hosentasche fällt.

»Was ist das denn? Etwa doch die Rechnung?«, brummt Teddy und hebt das Blatt Papier auf. Dann blickt er überrascht hoch. »Sag mal, ist das etwa ein Hase-und-Jäger-Spielfeld?«

Mika nickt verlegen.

»Hast du auch Steine dabei?«

Mika nickt wieder, diesmal gespannt.

»Was für ein Glück du hast, Mika Bär! Denn zufällig bin ich, der große Teddy, der weltbeste Hase-und-Jäger-Spieler! Also, los geht's! Mal sehen, vielleicht werde ich dir sogar meine absolut geheimen Geheimtricks verraten, mit denen man auf gar keinen Fall verlieren kann!«

Kalt erwischt

BRRRR!
BRRRR!
BRRRRRRRRR!
Jetzt reicht es dem Wecker aber. Erst wird er unsanft unter die Bettdecke geworfen, und dann kümmert sich einfach niemand um ihn, egal, wie laut er auch bimmelt!

Verschlafen tastet Mika nach dem Ausstellknopf. Oh nein, halb sechs? Verzweifelt zieht er sich die Bettdecke über den Kopf. Gestern hat er noch zwei Stunden mit Teddy *Hase und Jäger* gespielt. Toll ist das gewesen! Jetzt weiß Mika wieder genau, wie man gewinnt, egal, ob man Hase oder Jäger ist. Zufrieden kuschelt er sich ins Kissen.

Fünf Minuten später reißt er erschreckt die Augen auf. Jetzt aber los! Schließlich muss er noch Frühstück machen, Teddy und Silvester hinausbringen, das Bett abziehen und das gesamte Zimmer wieder so herrichten, als hätte nie jemand darin geschlafen. Und das alles bis sieben Uhr!

Als Mika zwanzig Minuten später ins Zimmer stolpert, erwarten ihn Teddy und Silvester schon. Teddy hat sich gewaschen, wie Mika sofort feststellt. Die langen Haare sind ordentlich zurückgekämmt und sein Gesicht und seine Hände sind heller geworden. Überhaupt sieht er heute ganz anders als gestern aus. Er passt jetzt viel besser in das Zimmer.

»Aah, das Frühstück«, ruft Teddy gut gelaunt und reibt sich vergnügt die Hände. »Was haben wir denn da Schönes?«

Auch Silvester kläfft aufgeregt und springt an Mika hoch, um zu sehen, ob der wieder etwas unter seinem Pullover versteckt hat. Aber diesmal hat Mika die Wurstscheiben schon in der Hand, was der kleine Hund schnell herausfindet.

»Was ist das denn?«, fragt Teddy, als Mika den Frühstücksteller vor ihm abstellt. Er zeigt auf ein seltsames grünes Stück neben dem Marmeladenbrötchen.

»Ein Gurkenherz«, antwortet Mika verlegen. »Ich weiß, ich kann das nicht so gut. Bei Mama war es schöner.«

Teddy fragt nicht weiter nach, sondern macht sich mit großem Appetit über sein Frühstück her. Mika beginnt schon einmal mit dem Aufräumen. Dabei entdeckt er seufzend die kleine Pfütze vor dem Bettpfosten direkt neben Silvesters Decke.

Um kurz vor sieben Uhr schließt er todmüde die Haustür auf und schiebt Teddy und Silvester nach draußen. »Schnell, schnell, Papa kann jeden Moment an die Rezeption kommen! Er darf euch nicht sehen!«

»Ja doch, ja doch«, brummt Teddy. »Wir sind schon weg.«

Weg. Bei diesem Wort schauen sich Mika und Teddy an. Dann nicken beide gleichzeitig.

»Wir kommen aber wieder«, sagt Teddy.

»Ihr kommt aber wieder«, bekräftigt Mika.

»Mika! MIKA!« Jemand rüttelt Mika heftig am Arm. Erschrocken fährt er hoch. Wie? Was? Hat Papa Teddy und Silvester doch noch entdeckt? Puh, nein, es ist nur Fanny. Mika sinkt wieder ins Kissen.

»Mika, bist du krank?« Besorgt setzt sich Fanny auf die Bettkante und fühlt seine Stirn. »Es ist schon zehn Uhr. Wir wollen doch heute auf den Rummelplatz gehen, dein Vater, du und ich. Weißt du das denn nicht mehr?«

Ach ja, stimmt! Der Rummel, den hat Mika fast vergessen. Dabei hat er sich doch schon lange darauf gefreut! Vor allem, weil Fanny Papa endlich einmal überreden konnte, mitzukommen. Sie hat einfach Henry gefragt, ob er an dem Tag die Rezeption mit übernehmen könnte. Als der einverstanden war, hatte Papa keine Ausrede mehr.

Fanny kommt natürlich auch mit. Mika muss ein bisschen grinsen. Sicher weil sie ihn, Mika, gernhat, das weiß Mika schon. Aber den Papa, den mag sie auch. Immer, wenn er hereinkommt oder sie anspricht, wird sie ganz rot. Und wenn sie glaubt, dass niemand es bemerkt, guckt sie Papa immer ganz komisch an. Und seufzt dabei.

Aber alle bemerken es. Alle, außer Papa.

»Also los jetzt, marsch ins Bad und dann anziehen. Ich gehe schnell in die Küche und mach dir noch einen Kakao und ein Brötchen. Schnell, schnell. Dein Vater wartet schon in der Eingangshalle!«

Eine halbe Stunde später verlassen alle drei das Hotel. Wie immer sieht Papa erschöpft und lustlos aus, aber da ist er heute in guter Gesellschaft. Mika schlendert sehr langsam hinter den beiden her, die Hände tief in die Taschen vergraben. Ab und zu versucht er einen umherliegenden Stein in einen Gully am Straßenrand zu kicken. Wenn er nur nicht so müde wäre!

Am Rummelplatz angekommen, dreht sich Fanny zu ihnen um und stemmt empört ihre Hände in die Hüften. »Sagt einmal, was ist denn los? Ihr seht aus, als wollte ich euch verprügeln! Wir sind hier, um Spaß miteinander zu haben! Also los!«

Entschlossen hakt sie Mika an der einen, Papa an der anderen Seite unter und zieht sie in Richtung Buden und Karussells.

Papa wirft Mika über Fannys Kopf hinweg einen verzweifelten Blick zu und verdreht dabei die Augen. Mika muss kichern. Er schneidet als Antwort eine Grimasse. Jetzt muss auch Papa kichern, ein bisschen zumindest.

Also gut, abgemacht. Sie werden sich jetzt anstrengen, damit zumindest Fanny einen schönen Tag hat. Manchmal verstehen sich Mika und Papa auch ohne Worte.

»Oh, schaut einmal, was für ein tolles Karussell!«, ruft Papa gespielt begeistert.

»Ja, super, da müssen wir unbedingt mitfahren«, erwidert Mika und bemüht sich ernsthaft, glücklich zu strahlen.

»Na also!«, meint Fanny zufrieden. »Dann hole ich mal schnell die Tickets!«

Es funktioniert. Es wird wirklich ein schöner Tag. Denn je mehr Mühe sich Papa und Mika geben, umso besser gefällt es ihnen tatsächlich.

Als Erstes fahren sie Achterbahn. Vorn sitzt Fanny, hinten sitzen Papa und Mika. Die Wagen fahren zuerst ganz langsam, werden dann aber immer schneller und schneller. Bei der ersten Kurve greift Mika noch erschrocken Papas Arm, aber schon bei der nächsten bringt ihn das Kribbeln im Bauch zum Lachen. Fanny aber kreischt endlos lang vor sich hin, Mika weiß gar nicht, woher sie so viel Luft nimmt.

Während sie langsam den ersten Berg hochfahren, zwinkert Papa Mika zu, legt sich kurz die Hand auf die

Augen und zeigt dann auf Fanny. Mika versteht sofort und nickt begeistert. Als sie oben ankommen und der Wagen einen ganz kleinen Moment stehen bleibt, greifen beide blitzschnell nach vorn und legen jeder Fanny eine Hand auf ein Auge, Papa auf das rechte, Mika auf das linke. Genau in dem Moment, in dem sie bergab sausen, kann Fanny nichts mehr sehen! Der Schrei, den sie jetzt ausstößt, ist so laut, dass jede Feuerwehrsirene im Vergleich dazu wie das sanfte Schnurren eines kleinen Kätzchens klingt.

»Aaaaah! Ihr seid gemein! Lasst das! Aaaaah!«

Danach schlägt Mika die Geisterbahn vor. Fanny soll heute schließlich so richtig viel Spaß haben. Aber die ist jetzt natürlich misstrauisch.

»Ach bitte, Fanny«, bettelt Mika, »eine Geisterbahn fährt auch ganz langsam, ehrlich!«

Das stimmt zwar, allerdings ist es dabei dunkel. Und das mag Fanny gar nicht, wie Mika weiß. Nachdem sie in ihrem Wagen um die erste Kurve gezockelt sind, bleiben sie eine ganze Weile stehen. Nichts passiert. Stille.

Dann plötzlich ein weit entferntes Ächzen, das in ein lautes schauriges Heulen übergeht. Auf einmal fällt genau vor Fanny ein leuchtender Totenkopf herab und tanzt dicht vor ihrem Gesicht an einer unsichtbaren Schnur auf und nieder.

Fanny stöhnt auf und schlägt nun freiwillig ihre Hände vor die Augen. Aber Papa und Mika sind der Meinung,

dass das jetzt nicht mehr nötig ist, und beginnen sie
zu kitzeln. Die ganze restliche Fahrt unterhalten sie
Fanny mit dem schaurigsten Gespenstergeheul, wobei

Papa zur Abwechslung ab und zu auch einen klitzekleinen Hilfeschrei einschiebt. Als sich in der letzten Kurve ein klapperndes Skelett freundlich winkend von ihnen verabschiedet, hat Mika so viel Spaß gehabt wie schon lange nicht mehr.

Nachdem Fanny sich wieder ein wenig beruhigt und hoch und heilig geschworen hat, nie wieder mit ihnen beiden etwas zu unternehmen, kaufen sich alle drei Zuckerwatte und bummeln zufrieden über den Platz. Mika verheddert sich beim Abbeißen ein bisschen in der süßen Wolke und hat schließlich überall weiße Fäden hängen, an den Backen, am Kinn und sogar an den Ohren.

»Hallo Weihnachtsmann«, sagt Papa. Dann nimmt er Mikas Hand. Die ist inzwischen so klebrig, dass er sie nur schwer wieder loslassen könnte. Das gefällt Mika.

»Wuff!«

Ein Bellen lässt die drei aufschauen. Wie ein schwarzer Blitz rast etwas auf Mika zu und springt stürmisch an ihm hoch.

»Huch!«, wundert sich Fanny. »Was für ein ungestümes kleines Kerlchen haben wir denn hier?«

Papa sagt nichts. Aber er nimmt seine Hand nun doch weg.

Mika merkt, dass seine Beine anfangen zu zittern, und er traut sich kaum nach unten zu schauen. Er weiß auch so, wer das ist: Silvester! Oh Gott, bitte nicht jetzt!

Nicht hier, bei Papa! Was, wenn der sich wundert, woher ihn dieser Hund kennt? Was, wenn … Mika schaut sich erschreckt um. Teddy wird doch wohl nicht auch in der Nähe sein? Doch, dort hinten an dem Baum steht er und schaut zu ihnen herüber!

Jetzt werden Mikas Knie so weich wie diese Gummibälle mit den aufgemalten Gesichtern, die man beliebig kneten und verformen kann. Wird Teddy jetzt auch noch auf ihn zulaufen? Ihm vielleicht freundlich die Hand reichen und Dinge sagen wie: »Hallo Mika, schön, dich zu sehen. Dürfen wir heute Nacht wieder bei dir im Hotel schlafen und gibt es auch wieder so ein leckeres Frühstück? Es macht dir doch sicher nichts aus, wenn Silvester noch einmal vor den Bettpfosten pieselt?«

Teddy schaut ihn tatsächlich freundlich an und macht Anstalten, die Hand zum Gruß zu heben. Mika guckt schnell weg und zieht Papa und Fanny in die andere Richtung. Silvester streicht er nur kurz über den Kopf und geht dann weiter. »Kommt schon, ich will jetzt nach Hause. Ich bin müde«, drängt er Papa und Fanny.

Bevor sie den Rummelplatz verlassen, schaut er heimlich noch einmal über seine Schulter zurück. Aber Teddy und Silvester sind nicht mehr zu sehen.

Irgendwie ist Mikas gute Laune jetzt verflogen. Aber das will er nicht. Als sie ins Hotel zurückkommen und Fanny gleich in der Küche verschwindet, um Henry

47

beim Abendessen zu helfen, zieht er ein wenig unschlüssig seinen Spielplan aus der Hosentasche. »Papa, spielen wir eine Runde *Hase und Jäger*?«, bittet er hoffnungsvoll.

Doch auch Papa scheint seine gute Laune auf dem Rummelplatz gelassen zu haben. »Nein, jetzt nicht, Mika. Später vielleicht«, sagt er müde, geht in sein Büro und schließt die Tür hinter sich.

Um den heißen Brei herum

Mika sieht sein Käsebrot ganz nah vor sich. Es hat zwar kein Gurkenherz, aber Henry hat ihm ein Petersilienbüschelchen daraufgelegt. Auch schön. Jetzt kommt sein Käsebrot näher, noch näher, gleich wird er …

»He, junger Mann!« Henry packt ihn gerade noch rechtzeitig an den Schultern, bevor Mika vor Müdigkeit mit dem Kopf auf den Teller kippt. »Der Rummel war wohl etwas zu viel für dich, was? Na komm, iss dein Brot und dann ab ins Bett.«

Mika nickt ergeben. Normalerweise hätte er jetzt protestiert; schließlich sind Ferien. Aber ausschlafen kann er ja nicht. Doch das kann er Henry schlecht erklären.

BRRRR!
In letzter Zeit hat der Wecker wirklich viel zu tun, zweimal am Tag muss er läuten! Und wer dankt es ihm? Niemand! Im Gegenteil: Alle sind genervt, wenn er seine Arbeit tut!

›Blöder Wecker!‹ Missmutig haut Mika ihm eins auf die Glocke und rappelt sich dann mühsam hoch. Er kann es kaum glauben: schon wieder zehn Uhr! Dabei hat er das Gefühl, eben erst ins Bett gegangen zu sein!

Jetzt aber schnell. Denn heute Nachmittag hat er es nicht mehr geschafft, das Bett für Teddy zu beziehen. Und die Heizung hat er auch noch nicht angestellt. Dabei will er es seinen Gästen doch wieder schön machen.

Schön machen. Mika wird plötzlich ganz seltsam zumute. Schön verhalten hat er sich wohl nicht gerade. Am Nachmittag, auf dem Rummel. Dabei hat sich Silvester so gefreut, ihn zu sehen. Und Teddy bestimmt auch. Aber er, Mika, hat einfach so getan, als kenne er sie nicht.

Aber was hätte er machen sollen, wo doch Papa und Fanny dabei waren? Er wollte ja nur nicht riskieren, dass Papa ihm vielleicht verbietet, Teddy und Silvester im Hotel schlafen zu lassen. Dann hätten sie wieder kein warmes Plätzchen für die Nacht gehabt. Ja, genau genommen hat er, Mika, ganz richtig gehandelt. Er musste es für Teddy und Silvester tun. Mit diesen Gedanken fühlt er sich gleich ein wenig besser.

Als es dann später pünktlich um elf dreimal an die Haustür klopft, öffnet er trotzdem ein wenig zaghaft. So richtig traut er sich nicht, Teddy anzuschauen.

Der macht erst einmal nichts. Gar nichts. Er sagt nichts. Er kommt nicht herein. Sogar Silvester bleibt abwartend stehen und schaut verständnislos von einem zum anderen. Sein Propellerschwänzchen geht nur ganz langsam und zögernd hin und her.

»Hallo«, würgt Mika schließlich hervor.

»Aha«, sagt Teddy. »Du erkennst mich also doch noch. Heute Nachmittag dachte ich schon, dass ich wohl plötzlich ganz anders aussehe, so wie du durch mich hindurchgeguckt hast. Aber in einer Pfütze konnte ich mich dann anschauen und habe glücklicherweise den alten Teddy entdeckt.« Er nickt zufrieden.

»Jetzt mach schon. Komm endlich zur Sache!«, keift plötzlich eine schrille Stimme.

Mika zuckt zusammen und schaut sich verwundert um. Er kann niemanden entdecken. Gott sei Dank, denn sehr nett hat die Stimme nicht geklungen. Aber wer ist das gewesen? Oder macht Teddy einfach Quatsch mit ihm?

Teddy grinst Mika versöhnlich an. »Also, was ist jetzt? Ist bei dir immer noch Platz für einen alten Mann und einen jungen, nicht gerade stubenreinen Hund?«

»Hörst du endlich mal auf, um den heißen Brei herumzureden? Ich friere mir noch den Hintern ab, verdammt!«

Jetzt wird es Mika unheimlich. Wo kommt bloß diese schreckliche Stimme her? Ist Teddy vielleicht Bauchredner?

»Ja doch, gleich!«, wehrt dieser ab. »Also, Mika, da ist noch etwas. Ich habe … na, ich dachte mir, euer Anbau ist doch groß genug … und es ist so kalt …«

»Jetzt reicht's. Mach mal Platz!«

Die schrille Stimme bekommt plötzlich eine Hand, die Teddy unsanft zur Seite schiebt. Der guckt verlegen zu Boden. Vor Mika steht jetzt eine Frau, sehr viel kleiner als Teddy, aber genauso zerzaust und auch nicht gerade frisch gebadet. Sie funkelt Mika unter ihren grauen, verfilzten Locken wütend an.

»Was glotzt du so? Noch nie einen Menschen gesehen? Können wir vielleicht drinnen Museum spielen? Das wäre mir bedeutend lieber, als hier in der Kälte rumzustehen!«

Mika guckt Teddy hilflos an. Der beugt sich zu ihm herunter und flüstert ihm beschwörend ins Ohr: »Keine Angst! Das ist nur die Schrille Käthe. Die meckert schlimmer als jede Bergziege. Aber eigentlich ist sie in Ordnung. Sie hat das Herz auf dem rechten Fleck, wenn du weißt, was ich meine.«

Nein, das weiß Mika nicht. Er kann sich auch gar nicht vorstellen, dass diese Bergziege da vor ihm überhaupt ein Herz hat.

Wieder beugt sich Teddy zu ihm herunter und versucht, das unablässige Schimpfen im Hintergrund zu übertönen.

»Ich dachte, sie könnte das Zimmer neben mir bekommen. Das steht doch auch leer! Käthe hat sich nämlich einen schlimmen Schnupfen eingefangen und der wird und wird nicht besser.«

Wie zur Bestätigung unterbricht ein kräftiges Schnäuzen die Schimpferei. Käthe benutzt zum Naseputzen allerdings kein Taschentuch, sondern ihren Jackenärmel. Na, dafür hätte ihm Fanny aber was erzählt! Fast ist Mika ein bisschen neidisch.

Aber dann wird ihm klar, was Teddy da gerade gesagt hat. Käthe soll auch noch ein Zimmer bekommen? Hier im Hotel? Wahrscheinlich auch mit Frühstück? Wie soll er denn das noch schaffen? Mika wird ganz schwindlig.

Doch inzwischen hat das Schimpfen schon aufgehört, oder besser gesagt: Es ist dabei, sich zu entfernen, und wird immer leiser. »Dann eben nicht. Betteln werde ich bestimmt nicht darum! Ich habe schon in Hotelbetten geschlafen, da hat sich dieses Bürschchen noch Mamas Bauch von innen angesehen! Ha, Hotelbetten auf der ganzen Welt waren mein Zuhause ...«

Mehr kann Mika nicht verstehen, denn nun ist Käthe schon zu weit weg. Er will gerade erleichtert hineingehen, als er bemerkt, dass ihn Teddy und Silvester stumm anstarren. Das heißt, Teddy starrt. Silvester steht mit eingeklemmtem Schwanz da und fiept leise.

Mika spürt den kalten Nachtwind auf dem Gesicht. Er seufzt. »Also gut. Holt sie zurück. Aber bis wir im Anbau sind, muss sie auf jeden Fall den Mund halten! Sonst können wir auch sofort Papa wecken und ihm alles erzählen.«

Es klappt. Sie gelangen tatsächlich leise und unbemerkt bis zum Anbau. Käthe presst die ganze Zeit die Lippen fest aufeinander, damit auch wirklich nicht der leiseste Ton herauskommt. So lange hat sie wahrscheinlich noch nie in ihrem Leben geschwiegen.

Als sie dann endlich in dem Zimmer ankommen, das Teddy für sie vorgeschlagen hat, sprudeln die mühsam zurückgehaltenen Worte aus ihr heraus.

»Sind wir endlich da? Wurde aber auch Zeit! Ich dachte schon, der Junge wollte uns hinten wieder aus seinem feinen Hotel herausführen. Aha. So sieht es hier also aus. Aber viel wärmer als draußen ist es hier auch nicht, das muss ich schon sagen!«

»Ich ... ich habe noch nicht die Heizung angemacht. Ich wusste doch nicht ...«, stammelt Mika und schaut Teddy wieder hilflos an. Doch der hat es sich schon im Nebenzimmer gemeinsam mit Silvester gemütlich gemacht, ganz so, als seien sie hier zu Hause.

»Na, dann hole ich mal die Bettwäsche ...«, fährt Mika müde fort und will sich zum Gehen wenden.

»Halt!«, kreischt Käthe schrill. »Das mache ich! Mir muss doch ein kleiner Junge nicht das Bett beziehen! Du wirst sehen, wie schnell das erledigt ist. Wo ist die Wäsche denn? Hier in dem Schrank? Ah, da haben wir sie ja. So, dann mal los!«

Mika steht mit hängenden Armen da. Er ist viel zu erschöpft, um Käthe zu widersprechen. Bitte schön, soll sie doch machen. Dann kann er endlich wieder ins Bett gehen.

Doch da hört er ein Kichern. Ein schrilles Kichern zwar, aber ein Kichern. Ein bisschen dumpf klingt es auch. Ein großer Bettbezug tänzelt jetzt auf ihn zu.

Daraus hervor guckt ein Po, der fröhlich hin und her wackelt.

»Siehst du, Junge, so geht es viel schneller! Und mehr Spaß macht es auch!«

Mika steht und staunt.

»Was glotzt du denn so? Noch nie eine Frau bei der Arbeit gesehen?«

Aha, das klingt schon wieder eher nach Käthe. Die guckt ihn jetzt misstrauisch an. »Hast du denn keine Mutter?«

Mika schaut weg.

Käthe lässt sich auf das frisch gemachte Bett fallen. »Hm. Keine Mutter, wie? Kenne ich. Sie ist weg, wie? Kenne ich, kenne ich.«

Mika steht nur da. Er weiß nicht, was er sagen soll.

»Und das Bettenbeziehen? Hat sie dir das beigebracht?«

»Nein, das war Fanny«, murmelt Mika.

»Fanny, wer ist Fanny?« Käthe schaut ihn forschend an. Dann klopft sie einladend neben sich. »Setz dich doch mal zu mir und erzähl mir ein bisschen über dich. Ich muss doch wissen, bei wem ich wohne, oder meinst du nicht? Na, komm schon her, ich beiß nicht.« Wieder zieht Käthe geräuschvoll ihre Nase hoch.

Mika zögert. Meint Käthe das ernst oder wird sie gleich wieder losmeckern? Dann geht er langsam auf das Bett zu und setzt sich auf die Stelle der Decke, in die Käthe mit ihrer Hand eine richtige Kuhle hineingeklopft hat.

Plötzlich schießt aus dem Nachbarzimmer Silvester herein und springt freudig kläffend auf Käthes Schoß. Mika will Silvester schnell herunternehmen, bevor ihm Käthe noch etwas tut, aber die wehrt ab.

»Nein, nein, lass nur, das schwarze Wollknäuel hier stört mich nicht.«

Sie streicht Silvester über den Kopf, erstaunlich zart, wie Mika findet, und der schleckt ihr begeistert die schmutzigen Finger ab. Dann wendet sich Käthe wieder Mika zu.

»Jetzt erzähl aber mal! Wo ist deine Mutter, wer ist Fanny, und gibt es verdammt noch mal keinen Mann hier im Haus?«

Kalter Winterwind

Uaaah!

Mika muss so heftig gähnen, dass ihm Tränen in die Augen treten und er die Teller vor sich nicht mehr richtig sehen kann. Es ist kurz nach sechs Uhr morgens, und er ist gerade dabei, Frühstück zu machen. Diesmal für zwei, nein, genau genommen für drei. Für Teddy, Silvester und Käthe. Aber Silvesters Frühstück legt er nicht auf einen Teller und garniert es auch nicht so hübsch mit Gurken oder Tomaten. Er steckt es sich besser direkt in die Hosentasche, wo der kleine Hund es dann suchen kann. Oder würde sich Silvester vielleicht doch freuen, wenn er die Wurstscheiben für ihn in Herzform schneiden würde? Bei der Vorstellung muss Mika kichern.

Uaaah! Er weiß gar nicht, wie er es heute Morgen aus dem Bett geschafft hat. Nur die Angst, dass jemand seine Freunde entdecken könnte, hat ihn schließlich aufstehen lassen.

Seine Freunde – ja, das sind sie jetzt wohl. Sogar Käthe. Vielleicht sogar vor allem Käthe. Bis tief in die Nacht haben sie gestern noch miteinander geredet. Teddy hat nebenan schon längst geschnarcht und auch Silvester war auf Käthes Schoß tief und fest eingeschlafen.

Eigentlich hat hauptsächlich er, Mika, geredet. Käthe hat ihm zuerst nur Fragen gestellt, keine besonderen, ganz normale, was er gern isst, was er tut, wenn er keine Schule hat, und so etwas. Und plötzlich hat Mika ihr auch ganz andere Sachen erzählt, vom Hase-und-Jäger-Spiel und von Papa und schließlich sogar von Mama und wie sie früher Weihnachten gefeiert haben und dass das viel schöner war als heute. Sogar von dem hässlichen Plastik-Tannenbaum zum Aufklappen hat er ihr erzählt. Das hat er bisher noch bei niemandem getan.

Gar nicht müde war er mehr, er redete und redete, und Käthe fragte schließlich gar nichts mehr. Aber sie nickte und meinte »Kenne ich, kenne ich«, immer wieder, egal, was Mika sagte. Eigentlich konnte sie das doch alles gar nicht kennen. Sie war schließlich kein zehnjähriger Junge, der mit seinem Vater in einem Hotel wohnte und zu Weihnachten einen Plastikbaum aufklappen musste.

Trotzdem glaubte Mika ihr.

So. Jetzt sind die Tränen vom Gähnen wieder verschwunden und Mika kann die Käsebrötchen mit den Tomatenscheiben vor sich sehen. Gleich kann er das Frühstück hinüber in den Anbau bringen.

»Mika?«

Da ist plötzlich eine Stimme in seinem Rücken. Mika erstarrt.

»Mika???«

So ein Mist! Wer ist da? Wer kommt jetzt schon in die Küche? Um diese Uhrzeit? Langsam, ganz langsam dreht Mika sich um.

»Mika, was machst du denn in aller Herrgottsfrühe hier? Hast du Hunger? Oder bist du krank?«

Es ist Henry, der jetzt zu Mika tritt und ihm sorgenvoll die Stirn fühlt. Vor lauter Überraschung vergisst er sogar, Quatsch zu machen.

»Äh, ja … äh, ich meine, nein … Also, ja, ich habe Hunger.« Wie zur Bekräftigung beißt Mika herzhaft in eines der Käsebrötchen und beginnt konzentriert zu kauen. »Und du? Was machst du denn schon hier?«, fragt er zwischen zwei Bissen und spuckt dabei aus Versehen ein paar Krümel aus.

Henry hat sich inzwischen genug gewundert und ist jetzt wieder ganz der Alte. Er schnappt sich zwei Orangen aus dem Obstkorb, steckt sie sich als Busen unter den Pulli, streckt die Arme seufzend zum Himmel und beginnt zu klagen: »Ach, meine angebetete Fanny lässt mich keine Ruhe finden. Ich kann nicht mehr schlafen, nicht mehr essen und trinken. Wann, ach, wann wird sie mich wohl erhören?«

Mika muss grinsen. Auch wenn Henry immer so tut,

als sei er in Fanny verliebt, so weiß Mika doch genau, dass er eigentlich viel lieber Männer mag. Das hat Fanny ihm einmal erklärt. Gott sei Dank, findet Mika, denn Fanny mag schließlich Papa. Und das wäre doch sonst blöd für Henry.

Jetzt aber zieht Henry die Orangen wieder hervor und seufzt wirklich und echt.

»Weißt du nicht mehr, Mika, dass sich für heute diese Reisegruppe angemeldet hat? Der Bus kommt schon um halb acht an, und dann wollen die Herrschaften natürlich sofort frühstücken! Deswegen bin ich heute früher gekommen. Fanny wird auch gleich da sein. Sie muss schließlich noch die Zimmer herrichten. Gott sei Dank haben wir noch welche im Anbau, sonst würde es knapp. Und der ganze Aufwand für nur eine Nacht!«

Henry schüttelt den Kopf und seufzt wieder.

»Zimmer ... im ... Anbau? Wie ... wie meinst du das?« Mika traut seinen Ohren nicht. Noch nie wurden die Zimmer im Anbau während des Winters vermietet. Warum gerade jetzt? Gerade heute!

»Na, wie soll ich das schon meinen? Gleich wird eine Horde hungriger Gäste wie ein Heuschreckenschwarm über unser stilles, kleines Hotel herfallen und es ratzekahl leer fressen! Das meine ich! Und deswegen, junger Mann«, und mit diesen Worten schiebt Henry Mika liebevoll zur Seite, »aus dem Weg und Platz da für einen total genialen Frühstückmacher, also: für mich!«

Aber Mika hört schon gar nicht mehr richtig zu. In seinem Kopf beginnt es fieberhaft zu arbeiten. Henry ist schon da, Fanny kommt gleich, Papa sicherlich auch, denn er muss doch die Anmeldungen an der Rezeption entgegennehmen. Er kann also unmöglich Teddy, Silvester und Käthe jetzt noch aus dem Hotel schmuggeln. Aber sie können auch nicht in den Zimmern bleiben, denn die sind für die neuen Gäste vorgesehen.

Was also soll er tun? Soll er die drei bis zum Abend verstecken? Teddy und Käthe würden es vielleicht noch den ganzen Tag in einem Dielenschrank oder so etwas aushalten. Aber Silvester? Mika sieht sie förmlich vor sich, die riesige Pipi-Pfütze, die unter der Schranktür hervorfließen und sich unübersehbar auf dem Teppich ausbreiten würde.

Ihm muss einfach etwas einfallen, und zwar schnell. Nein, nicht nur schnell, sondern jetzt sofort. Denk nach, Mika, denk nach, spornt er sich selbst an. Versuchsweise reibt er seine Nase wie der Wikingerjunge aus der Fernsehserie, wenn der dringend eine gute Idee benötigt. Hm. Verstecken – Dielenschrank. Dielenschrank – Garderobe. Garderobe – Mantel. Mantel – Verstecken. Ja, so könnte es klappen. So *muss* es klappen.

Schnell greift sich Mika zwei trockene Brötchen, denn die von ihm belegten hat er aus Versehen schon aufgegessen. Damit flitzt er ohne ein weiteres Wort aus der Küche in Richtung Anbau.

»He, Mika«, hört er Henry hinter ihm herrufen. »Was soll das denn? Hast du etwa immer noch Hunger? Und wo willst du hin? Was hast du vor?«

»Ja, ja, ich habe immer noch Hunger. Großen Hunger«, ruft Mika im Laufen atemlos zurück. Die anderen Fragen überhört er besser.

»Und du meinst, das klappt?«, fragt Teddy zweifelnd und kaut ein wenig enttäuscht auf seinem trockenen Brötchen herum.

»Es muss«, antwortet Mika nachdrücklich. »Wenn wir jetzt erwischt werden, könnt ihr nie wieder hierherkommen! Nie wieder«, wiederholt er leise und streichelt sanft Silvesters Kopf, der immer noch zur Hälfte in seinen Hosentaschen steckt. »Nein, Silvester, jetzt ist wirklich keine Wurst mehr da.« Mika erinnert sich plötzlich an das Zittern des kleinen Hundes draußen in dem kalten Wind. »Es muss einfach klappen«, wiederholt er.

Käthe begutachtet die Mäntel, die Mika ihr und Teddy aus dem Dielenschrank am Ende des Flurs mitgebracht hat. Sie hat sich nicht wie Teddy nach ihrer ersten Nacht im Hotel gewaschen, sieht aber trotzdem irgendwie verändert aus. Zufriedener vielleicht.

»Und diese feinen Mäntel haben wirklich Gäste hier vergessen und sie dann nicht einmal mehr abgeholt?«, fragt sie staunend. »Oder«, fährt sie misstrauisch fort, »hast du sie vielleicht irgendwo mitgehen lassen?«

»Quatsch! So etwas mache ich nicht«, ruft Mika empört, während er beginnt, die Wäsche von den Betten zu reißen. »Helft mir lieber, in ein paar Minuten ist die Reisegesellschaft da! Und dann läuft alles wie besprochen!«

Teddy und Käthe nicken und schlüpfen in ihre Mäntel. Teddys reicht ihm zwar nur bis zu den Knien, aber es wird schon gehen. Jedenfalls ist noch genug Platz darunter, um Silvester zu verstecken.

Jetzt begutachtet Mika Käthe. Aus dem schönen, sauberen Mantel ragt der verfilzte graue Lockenkopf hervor. Mika muss an ein altes Kinderspiel denken, bei dem der erste Spieler ein Körperteil zeichnet, diese Zeichnung umklappt und an den zweiten in der Runde weiterreicht, der ein weiteres Teil malt, umklappt und so weiter. Zum Schluss wird das Blatt Papier auseinandergefaltet, und heraus kommt ein bunt zusammengewürfeltes Lebewesen, bei dem nicht ein Körperteil zum anderen passt. So ähnlich ist es jetzt mit Käthes Kopf und dem neuen Mantel. Auf diese Weise würden sie nie ohne Aufsehen durch die Halle kommen!

Ratlos blickt Mika sich um. Schließlich nimmt er einen der weißen Kopfkissenbezüge, die er eben erst abgezogen hat, faltet ihn zu einem Dreieck und bindet ihn Käthe als Kopftuch um, ohne auf deren protestierendes Murren zu achten. Er tritt einen Schritt zurück. Gar nicht schlecht, wenn man mal von den vielen Knöpfen am Rand des Kopftuchs absieht. Aber die werden schon nicht weiter auffallen. Also los.

Die vier gehen leise bis zur Eingangshalle. Wie erwartet, ist die Reisegesellschaft bereits angekommen. Alles ist voller Menschen, die ungeduldig durcheinanderrufen. Mittendrin versuchen Fanny und Henry, Koffer zu tragen und Jacken abzunehmen. Papa steht an der Rezeption und blättert hektisch in Papieren, während er einen aufgeregt auf ihn einredenden Mann immer wieder um ein wenig Geduld bittet. Dieser Mann sieht nach sehr viel Geld und nach sehr wenig Freundlichkeit aus. Mika mag ihn nicht. Aber Papa sagt immer: »Wir brauchen alle Gäste, auch solche.«

Jedenfalls sind jetzt alle beschäftigt. Sehr gut. Mika nickt. Der Zeitpunkt ist günstig.

Während Teddy und Käthe wie verabredet an der Tür stehen bleiben, betritt Mika die Halle und ruft, so laut er kann: »Meine sehr verehrten Damen und Herren, das Frühstücksbuffet steht bereit. Wir haben getan, was wir konnten, aber es kann sein, dass es trotzdem nicht für alle reicht. Bitte folgen Sie mir also schnell! Wer zuerst kommt, kriegt die leckersten Sachen!« Mit diesen Worten öffnet er unter Henrys entsetzten Blicken die Tür zum Speisesaal.

Alles läuft wie geplant.

»Was? Wie?«, beginnen alle um Mika herum zu kreischen. »Nicht genug für alle?«

»Aber ich habe Hunger!«

»Ich fühle mich schon ganz schwach! Ich muss dringend etwas essen!«

»Darf ich mal vorbei!«

»Lasst mich vor!«

»Nein, mich, lasst mich vor!«

Ein wildes Gedränge beginnt in der Halle. Die Leute schubsen sich gegenseitig aus dem Weg, schieben andere unsanft zur Seite oder versuchen sich mit beiden Ellbogen bis zum Speisesaal vorzukämpfen. Mika schafft es kaum noch zurück zu Teddy und Käthe.

»Jetzt!«, schnauft er.

Seine Freunde nicken. Entschlossen schlagen sie ihre Mantelkragen hoch und stürzen sich in die Meute Richtung Ausgang. Mika versucht sie zu beobachten, verliert sie aber immer wieder aus den Augen. Teddys und Käthes Köpfe tauchen auf und wieder ab wie kleine Boote auf hoher See. Da! Da sind sie wieder! Jetzt sind sie wieder weg. Dann ein Geräusch, das wie eine Alarmglocke durch den ganzen Lärm dringt: Käthe muss überaus heftig niesen!

Plötzlich sind alle still, schauen auf die kleine Frau mit dem seltsamen Kopftuch und dem feinen Mantel.

Sie wird doch jetzt nicht …? ›Nein, Käthe, nein!‹, fleht Mika sie innerlich an. Aber so kann sie ihn natürlich nicht hören. Also führt sie den Mantelärmel zur Nase … Doch dann begegnet ihr Mikas Blick und sie lässt ihn ruckartig im letzten Moment wieder sinken.

Mika hört sein eigenes erleichtertes Aufatmen und – ein lautes Aufheulen, das unter Teddys Mantel herzukommen scheint! Auch Henry hat es bemerkt und guckt sich suchend um.

»Aber mein Herr, Sie haben der Dame wehgetan!«, ruft Mika geistesgegenwärtig. »Hören Sie nur, wie sie vor Schmerzen jammert!«

Henry scheint sich damit als Erklärung zufriedenzugeben und versucht wieder die Leute vom Frühstücksbuffet fernzuhalten, das noch gar nicht fertig angerichtet ist.

»Silvester, halte bitte durch, du musst durchhalten!«, flüstert Mika beschwörend vor sich hin.

In Teddys Mantel rumort es jetzt immer auffälliger, immer wieder beult er sich an verschiedenen Stellen aus wie ein Theatervorhang, hinter dem noch letzte Vorbereitungen getroffen werden. Aber das hier ist kein Theater und der Mantel ist kein Vorhang. Es würde wohl auch niemand applaudieren, wenn sie ihn beiseiteschöben.

Mika kämpft sich durch die Halle bis zu Teddy und Käthe und schiebt sie in Richtung Ausgang, wobei er beruhigend eine Hand auf Teddys Mantel legt. Endlich haben sie ihr Ziel erreicht! Jetzt aber raus!

Doch bevor die drei endgültig nach draußen verschwinden, hält Mika sie noch einmal fest. »Es ist nur für eine Nacht! Nur für diese Nacht! Morgen könnt ihr bestimmt wieder hier schlafen!« Dann fügt er leise hinzu: »Ich kann nichts dafür.«

Plötzlich ist Mika gar nicht mehr froh, dass alles geklappt hat und es seine Freunde unbemerkt bis nach draußen geschafft haben. Denn dort ist immer noch

Winter, kalter, eisiger Winter. Wenigstens ist es noch nicht so kalt, dass es schneit, versucht Mika sich selbst zu trösten.

Teddy dreht sich noch einmal um. »Ist schon in Ordnung. Wir haben doch jetzt zwei neue, feine Mäntel! Damit werden wir schon nicht frieren!« Dann bückt er sich und setzt Silvester auf den Boden, der erleichtert davonspringt.

Käthe nickt mürrisch. »Da kann man eben nichts machen.«

Doch Mika hört sie noch leise vor sich hin schimpfen, während sie alle davongehen und aus Mikas Blickfeld verschwinden.

Ein kalter Wind ist aufgekommen. Mika fröstelt. Aber er rührt sich nicht. Er bleibt genau so stehen, macht nicht die Tür zu und geht nicht ins Warme. Denn das wäre jetzt nicht in Ordnung, findet er.

Warm wie ein Ofen

Endlich, endlich kann Mika mal ausschlafen!

Keine Alarmglocke am frühen Morgen, kein Frühstückmachen und Bettenabziehen vor sieben Uhr. Er wird jetzt sehr, sehr lange und gut schlafen und endlich einmal nicht hundemüde durch den Tag schleichen!

Das nimmt sich Mika fest vor, als er am Abend ins Bett geht. Nur – es will einfach nicht klappen. Während ihm die Augen immer wieder zufallen und gern geschlossen bleiben würden, wälzt sich sein restlicher Körper ruhelos hin und her. Mal ist es der Rücken, der plötzlich anfängt zu jucken und dringend gekratzt werden muss, dann ist es das Bein, das kribbelt und gestreckt werden will.

Mika seufzt. Er versteht das nicht. Eigentlich gibt es für ihn nichts Schöneres, als bei heulendem Wind und prasselndem Regen unter seine dicke Bettdecke zu kriechen und sich bis oben hin einzukuscheln. So fühlt er sich wie in einer gemütlichen Höhle. Nur die Nasenspitze darf dann noch herausgucken, und ab und zu fasst Mika sie an, um sich darüber zu freuen, dass sie als Einzige ganz kalt ist, während der Rest es sicher und warm hat.

Aber heute klappt das nicht. Mika zieht die Bettdecke noch ein Stück höher, sodass fast schon seine Nasenlöcher bedeckt sind und er kaum noch Luft bekommt. Versuchsweise fasst er seine Nasenspitze an: Sie ist kalt. Dann die Zehen: Sie sind warm. Alles stimmt also. Eigentlich. Trotzdem will sich das Höhlengefühl nicht einstellen. Irgendetwas fehlt.

Mika horcht angestrengt in die Nacht hinaus. Aha. Das ist es. Kein Wind fegt mehr heulend um die Ecken, wie er es noch am Nachmittag getan hat. Kein Regen schickt mehr tosende Bäche durch die Dachrinne, obwohl Mika das noch vor dem Schlafengehen ganz genau gehört hat.

Stattdessen: Stille. Eine Stille, die Mika kennt. Eine eigentlich weiche und wattige, ein wenig dumpfe Stille vielleicht. Auf jeden Fall eine friedliche. Aber genau das ist sie heute nicht. Heute schreit die Stille Mika mitten ins Gesicht, schreit ihm laut und gemein zu: Es ist kälter geworden, es ist eiskalt hier draußen! Wie kannst du da nur schlafen wollen?

Mika gibt auf. Okay, er wird nachgucken. Langsam schlägt er die Bettdecke zurück. Zögernd geht er zum Fenster. Er lehnt die Stirn gegen die kühle Scheibe, während seine Hände ein wenig zitternd beginnen, das Rollo hochzuziehen. Dann blickt er hinaus. Vor Schreck zuckt er ein wenig zurück, obwohl er doch genau damit gerechnet hat.

Es hat geschneit. Die ganze Welt ist bedeckt von einer weißen, eiskalten Decke. Normalerweise würde Mika sich über den ersten Schnee im Jahr freuen. Er würde so schnell wie möglich Schlitten fahren gehen. Henry würde mitkommen, und zu zweit führen sie den kleinen Hügel im Park hinunter, er vorn, Henry hinten. Einmal haben sie es andersherum versucht, doch da sind sie kopfüber nach vorn gekippt.

Aber dieser Schnee hier hat nichts, worüber sich Mika freuen kann. Glatt und feindlich erscheint seine weiße Oberfläche. Sie flößt ihm Angst ein. Wenn er diese Nacht überhaupt noch ein klitzekleines bisschen Schlaf finden will, gibt es nur eine Möglichkeit. Eine einzige.

Mika klemmt sich seinen kleinen Kuschelhund unter den Arm und tappt zur Zimmertür. Dann läuft er schnell durch den langen Flur zum allerletzten Zimmer. Leise geht er hinein. Noch ein paar Schritte, die Decke heben, darunterschlüpfen. Ja, hier ist sie, die Höhle.

Vorsichtig legt Mika seinen Kopf an Papas Rücken, der tief atmet und dabei leise schnarcht. Er scheint gar nicht bemerkt zu haben, dass Mika zu ihm gekommen ist.

Doch, jetzt dreht er sich um. Seine Hand streicht ein paarmal über Mikas Kopf und bleibt schließlich schläfrig darauf liegen. Auch Papas Hand fühlt sich jetzt wie eine beschützende Bettdecke an. Sein ganzer Körper wärmt Mika wie ein Ofen.

Mikas Augen beginnen wieder zuzufallen und nun dürfen sie endlich geschlossen bleiben.

Jemand beobachtet ihn. Das spürt Mika genau. Schon den ganzen Tag geht das so. Und das ist eine lange Zeit, denn Mika konnte wieder nicht ausschlafen. Papa hat zwar versucht, ihn nicht zu wecken, aber Mika hat es trotzdem gemerkt, als er morgens früh aus dem Bett aufgestanden ist, um sich für die Arbeit fertig zu machen. Also war er wieder um sechs Uhr wach.

Nach dem Frühstück hat es angefangen: Egal, was Mika macht, er spürt ganz genau im Rücken, dass ihm jemand dabei zusieht. Es ist, als würden unsichtbare Augen ihn abtasten wie die Finger einer Hand.

Langsam wird es Mika unheimlich. Er kann diese Augen einfach nicht entdecken. Dabei versucht er einiges. Als er am Tisch sitzt und Henrys lange Einkaufsliste für Fanny einigermaßen sauber abschreibt – denn diesen »krakeligen Geheimcode« könnten wirklich nur Männer knacken, schimpft sie immer –, spürt er wieder diesen Blick. Blitzschnell dreht er sich auf seinem Stuhl herum. Aber nichts, keine Augen weit und breit, obwohl es Mika so vorkommt, als wäre etwas hinter dem Bücherregal verschwunden.

Als er kurze Zeit später den Tisch deckt, versucht er es anders. Laut pfeifend geht er hin und her und wendet sich langsam, ganz langsam um. Schließlich läuft er sogar rückwärts, um das Geschirr aus dem Schrank zu holen. Wieder nichts, auch wenn es ihm so scheint, als hätte sich etwas schnell hinter der Tür versteckt.

Und als er später mit seinen Autos spielt, beugt er sich hinunter und schaut dabei unauffällig durch seine Beine hindurch. Diesmal hätte er schwören können, dass sich der Vorhang im Flur bewegt hat.

Wer oder was ist hinter ihm her? Etwa ... die Polizei? Hat die bemerkt, was er in der Nacht tut? Dass er Leute ohne Bezahlung im Hotel übernachten lässt? Ist das vielleicht ... streng verboten?!

Mika merkt, wie er plötzlich anfängt zu schwitzen. Was soll er tun? Vielleicht kann er mit den Polizisten reden und ihnen alles erklären und muss nicht gleich ins Gefängnis. Oh nein, bitte nicht ins Gefängnis! Dann wäre es mit einem warmen Plätzchen für Silvester, Teddy und Käthe für immer vorbei.

Als Erstes aber muss er herausfinden, ob ihn tatsächlich die Polizei verfolgt. Er wird den Augen eine Falle stellen, damit sie nicht mehr hinter irgendwelche Regale, Türen oder Vorhänge entwischen können. Er wird ihren Trick einfach selbst anwenden. Er wird seine Augen auch unsichtbar machen.

Nach einigem Überlegen greift Mika in seinen Kleiderschrank und holt eine Strickjacke hervor, die er verkehrt herum anzieht. Die Knöpfe hat er jetzt auf dem Rücken und das Rückenteil vorn auf dem Bauch. Sehr gut. Jetzt braucht er noch etwas für den Kopf. Am besten die Strickmütze, da kann er durch die Fäden hindurchgucken. Mika zieht sich die Mütze vorn über das

Gesicht und lässt nur den Hinterkopf frei. Er zieht sie ordentlich stramm, um die Abstände zwischen den Fäden zu vergrößern, und stellt sich vor den Spiegel am Schrank. Zufrieden nickt er. So ist es gut. Er sieht von vorn wie von hinten aus.

Mika beginnt rückwärts aus seinem Zimmer zu gehen. Das heißt, eigentlich stakst er mit durchgedrückten Beinen, denn er darf natürlich die Knie beim Laufen nicht beugen, sonst fällt ja sofort auf, dass etwas nicht stimmt. Also langsam weiter, möglichst unauffällig, den Flur hinunter. Mikas Beine beginnen zu schmerzen und unter der Mütze rinnt ihm Schweiß von der Stirn in die Augen. Er bleibt stehen, ruht einen Moment aus.

Da! Ein Schatten! Aus der Küche löst sich ein Schatten und schlüpft schnell in ein Zimmer. Mika geht langsam weiter, dabei stampft er so laut auf, wie es ihm rückwärts möglich ist. Der Schatten soll sich sicher fühlen.

Es klappt. Der Schatten verlässt das Zimmer und nimmt die Verfolgung wieder auf. Als er hinter Mika herschleicht, kann dieser ihn durch die Strickmütze genau sehen. Er sieht ihn und erkennt ihn. Jetzt weiß er, zu wem die Augen gehören, die ihn seit heute Morgen beobachten. Sie gehören zu Henry. Mika bleibt plötzlich stehen und reißt sich die Mütze vom Kopf. Eine Weile starren er und Henry sich sprachlos an.

»Du bist gar nicht die Polizei«, würgt Mika schließlich hervor.

»Und du bist verkehrt herum«, antwortet Henry fassungslos.

»Ja, ich wollte herauskriegen, wer mich den ganzen Tag schon verfolgt«, giftet Mika zurück, der sich inzwischen wieder gefasst hat. Er ist enttäuscht, nicht darüber, dass Henry nicht die Polizei ist, sondern ganz im Gegenteil darüber, dass Henry Henry ist, dass er es war, der Mika verfolgt hat.

Henry guckt jetzt ein wenig verlegen zur Seite. »Na ja, ich habe mich über so einiges gewundert in letzter Zeit. Du ... Du bist immer so müde ...«

Wie zur Bestätigung muss Mika plötzlich laut und herzhaft gähnen.

»... und dann sind so ein paar komische Sachen passiert.«

»So, was denn?«, forscht Mika nach. Obwohl er gern herausfordernd und selbstsicher klingen möchte, hört er die Angst in seiner Stimme. Die Angst, entdeckt worden zu sein.

»In der Halle, weißt du, als die Reisegesellschaft angekommen ist, war plötzlich eine Frau mit einem ganz seltsamen Kopftuch. Sie ist mir aufgefallen, ich habe sie genau gesehen. Aber nachher, beim Frühstück, war sie verschwunden. Und auch am nächsten Morgen, als alle abfuhren, war sie nicht dabei. Außerdem bilde ich mir in letzter Zeit manchmal ein, Hundegebell zu hören, hier, bei uns im Hotel. Kannst du mir das erklären?«

Mika schüttelt nur stumm den Kopf.

»Mika, möchtest du mir vielleicht irgendetwas sagen? Bedrückt dich etwas? Hast du Sorgen? Ich weiß, dass es dir manchmal nicht gut geht. Vielleicht kann ich dir helfen?«

Jetzt sieht Henry Mika ehrlich besorgt an. Mika hat ihn noch nie so ernst gesehen. Er macht jetzt wirklich und wahrhaftig keinen Quatsch.

Einen kleinen Moment zögert Mika. Eigentlich würde er gern jemandem von seinen neuen Freunden erzählen. Aber was würde Henry zu einem Hund sagen, der die Würste aus seiner Küche frisst und zum Dank dafür in die Ecken pieselt? Würde er ihn verstehen oder – verraten?

Nein, es geht nicht. Wieder schüttelt Mika stumm den Kopf.

»Na, dann geh ich mal.« Jetzt sieht Henry ein bisschen enttäuscht aus.

»Ich auch«, sagt Mika und nickt.

Beide drehen sich um und gehen langsam in entgegengesetzte Richtungen den Flur hinunter. Als sich Mika noch einmal umguckt, sieht er gerade noch, wie Henry schon wieder hinter einem Schrank verschwindet und dann ein bisschen hervorlinst, um ihn zu beobachten!

»Henry, jetzt hör endlich auf damit und lass mich in Ruhe!« Mika wird langsam sauer. Er muss dringend in den Anbau, die Betten beziehen.

»Jaja, schon gut«, kichert Henry verlegen und kommt hinter dem Schrank hervor.

»Henry, meinst du, das Abendessen macht sich heute von allein?«, ertönt da Fannys Stimme aus der Küche.

Henry hebt seufzend die Hände zum Himmel und rollt mit den Augen. »Warte, Fanny, meine Angebetete, ich eile, ich fliege«, flötet er und läuft mit langen Schritten den Flur hinunter.

Endlich. Mika ist zufrieden. Henry ist wieder ganz der Alte. Na ja, zumindest beinahe. Und er kann endlich die Zimmer vorbereiten.

Kalter Hund und Kaltmamsell

Poch, poch, poch.

Ganz zart und leise klopft es dreimal an die Tür. Aber seltsam. In Mikas Ohren dröhnt dieses Klopfen wie ein lauter, vibrierender Gongschlag. Er blickt die Tür an. Er sollte jetzt öffnen.

Poch, poch, poch.

Er sollte jetzt wirklich öffnen. Aber er traut sich nicht. Er hat Angst vor dem, was er sehen wird. Wie wird es seinen Freunden während der Nacht im Schnee ergangen sein?

»Sag mal, Mika, wird's bald? Mir frieren gleich die Füße fest. Und ich weiß nicht, was dein Vater zu einer steif gefrorenen Frau vor seinem Hotel sagen wird!«

Kein Zweifel: Das ist Käthe.

»He, Mika! Wir sind es doch. Warum machst du denn nicht auf? Silvester muss sich dringend aufwärmen! Ihm ist wirklich kalt!«

Diese sanftere Stimme gehört zu Teddy.

»In der Tat, es handelt sich um einen kalten Hund, sozusagen. Nicht zu verwechseln mit DEM kalten Hund, einem delikaten Kuchen aus edler Schokolade und feinstem Gebäck. Es wäre daher überaus freundlich, wenn in nicht allzu ferner Zeit geöffnet werden könnte. Natürlich nur, wenn es keine Mühe macht.«

Mika, der gerade den Schlüssel herumdreht, hält verwundert inne. Käthe, Teddy ... und zu wem gehörte die dritte Stimme? Zu Silvester wohl kaum. Oder hat er sich verhört und Käthe hat noch etwas gesagt? Nein, viel zu höflich! Das passt nicht zu ihr. Teddy? Nein.

Zögernd dreht Mika den Schlüssel ganz herum, öffnet einen Spalt und lugt vorsichtig hinaus. Er sieht Teddy mit einem zitternden Silvester auf dem Arm, dahinter Käthe. Und dahinter ...?

Versuchsweise hebt Mika die Hand und winkt. Teddy winkt erleichtert zurück. Käthe fuchtelt unwirsch herum. Plötzlich taucht eine dritte Hand auf und wedelt freundlich hin und her.

»Wer ist das denn?«, flüstert Mika fassungslos.

Teddy beginnt ein wenig verlegen, Silvester am Kopf zu zupfen, bis der aussieht wie ein Außerirdischer mit Antennen. »Na ja, Mika, du weißt schon, da sind doch noch ein paar Zimmer frei und ...«

»Mach's kurz, oder keinem von uns nützt mehr irgendein Zimmer«, blafft Käthe dazwischen. »Also, Mika, das hier ist der Höfliche Herbert und der wohnt jetzt auch hier, klar?« Und nach einem warnenden Blick von Teddy fügt sie mit zusammengebissenen Zähnen hinzu: »Also, wenn du nichts dagegen hast, meine ich natürlich.« Allerdings hört es sich so an, als ob sie ziemlich ungemütlich werden würde, falls Mika doch irgendetwas dagegen haben sollte.

Nun löst sich ein kleines Männchen aus Käthes Schatten und tritt schüchtern nach vorn. Es sieht sehr seltsam aus. Alles an ihm hängt glatt und lang herunter: Die Haare und der Bart, der zerlumpte Mantel, selbst die Fingernägel sind mindestens doppelt so lang wie Fannys. Er erinnert Mika an einen alten Zauberer aus einem Buch, der aus der Vergangenheit in die Gegenwart katapultiert wurde und deshalb lauter unverständliche Dinge tut.

Jetzt verbeugt sich das Männchen vor Mika plötzlich so tief, dass seine Nase auf seine Knie zu stoßen scheint. Dabei schwenkt es zur Begrüßung einen unsichtbaren Hut.

»Gestatten: Herbert. Stets zu Diensten. Jeden Wunsch lese ich von den Augen ab. Ich mache bestimmt keine Mühe, du wirst mich sozusagen gar nicht bemerken. Es wäre wirklich überaus freundlich, wenn meine bescheidene Person hier ebenfalls nächtigen dürfte, der ewige Husten, weißt du, ich war eben auch schon einmal jünger. Recht herzlichen Dank, recht herzlichen Dank!«

Bei diesen Worten verbeugt sich Herbert immer wieder und vom ständigen Schwenken des Hutes wird Mika schon ganz schwindlig.

»Herbert war früher einmal Kellner, ich glaube, sogar Oberkellner«, flüstert Teddy Mika zu. »Der redet immer so! Na, was meinst du?«

Vier Augenpaare blicken Mika hoffnungsvoll an. Der schaut in den Himmel und sieht einer Schneeflocke zu, die langsam zur Erde schwebt. Dann gibt er sich geschlagen und nickt. Ja, natürlich kann Herbert bleiben. Er wird eben einfach ein Bett mehr beziehen. Und ein Frühstück mehr machen. Mika öffnet die Tür jetzt ganz.

»Danke, danke schön, recht vielen Dank!« Hutschwenkend huscht Herbert hinter Teddy und Käthe in das Hotel.

Mika legt warnend den Finger an die Lippen. Er schleicht voraus, wobei er immer wieder vorsichtig nach links und rechts späht, ob sich nicht irgendwo plötzlich eine Tür öffnet.

Ab und zu bleibt er stehen und horcht angestrengt nach irgendwelchen Geräuschen, die ihn frühzeitig vor einem wach gewordenen Gast oder gar vor Papa warnen würden. Denn inzwischen hat er auf dem Weg in den Anbau eine ziemlich lange Schlange von heimlichen Übernachtungsgästen hinter sich. Da ist es nicht mehr so leicht, plötzlich hinter einem Schrank zu verschwinden oder sich anderswo zu verstecken. Mika kommt sich ein bisschen wie auf einem Kindergeburtstag vor, auf dem eine Polonaise getanzt wird, an die sich einer nach dem anderen dranhängt.

»Puh, wir sind da!« Mika wischt sich den Schweiß von der Stirn und dreht sich um. Teddy lächelt ihn an, Käthe grinst und Herbert ...

»Wo ist Herbert?!!!«

Teddy und Käthe gucken verdutzt hinter sich und zucken ratlos mit den Schultern.

»Eben war er noch da«, stellt Teddy schlau fest.

»Ja, aber jetzt ist er weg!« Der Schweiß, den Mika gerade erst weggewischt hat, ist plötzlich wieder da. »Ihr bleibt hier!«, entscheidet er schnell. »Ich gehe zurück.«

Das ist Teddy und Käthe sehr recht. Zufrieden nicken sie. »Ich kann ja schon einmal Herberts Bett machen«, bietet Käthe an. Und dann, als würde ihr plötzlich klar werden, dass das sehr freundlich war, fügt sie schnell hinzu: »Allerdings zum ersten und letzten Mal, dass das klar ist!«

Aber das hört Mika schon nicht mehr, denn er läuft bereits den Weg zurück. Wieder späht er zu allen Seiten und horcht angestrengt. Diesmal allerdings hat er keine Angst, entdeckt zu werden, im Gegenteil: Er hofft darauf. Wo ist nur der Höfliche Herbert abgeblieben?

Schon ist Mika fast wieder in der Halle angekommen und beginnt sich zu fragen, ob Herbert vielleicht

doch noch im letzten Moment kehrtgemacht hat, um lieber wieder draußen zu schlafen. Da hört er rechts von sich ein Geräusch, eine Art dumpfes Aufstöhnen: »Oaahh!«

Es kommt aus der Küche. Mika rennt zur Tür und reißt sie ziemlich unvorsichtig auf. Er sieht Herbert, der mitten in der Küche steht und einen so ehrfürchtigen Gesichtsausdruck hat, als würde ihm gleich nach einem harten Turnier der Meisterschaftspokal verliehen werden. »Oaahh!«

Dann wendet er sich Mika zu. »Das kenne ich! In genau so einer Küche habe ich mal gearbeitet! Ich meine, nicht in der Küche direkt, aber im Speisesaal hinter der Tür ...« Sehnsüchtig schaut Herbert auf die Schwingtür, die zum Essensraum führt. Fragend schaut er Mika an. »Darf ich?«

Mika nickt ein wenig beklommen. »Ja, aber nur kurz. Und leise!«

Herbert verschwindet durch die Tür, die noch eine Zeit lang sanft hin und her pendelt. Mika wartet eine Weile. Dann schaut er durch die runden Fenster in den Speiseraum.

Er sieht Herbert feierlich zwischen den Tischen umhergehen, die schon für den nächsten Morgen gedeckt sind. Ganz genau schaut er sich alles an, streicht über ein Tischtuch oder rückt ein Messer gerade. Plötzlich kann sich Mika Herbert sehr gut als Kellner vorstellen, in einem feinen dunklen Anzug und mit sorgfältig frisierten Haaren.

Jetzt kommt Herbert zurück zu Mika in die Küche. Hier sieht er wieder aus wie der Zauberer aus der anderen Zeit. Eine Weile sehen sie sich schweigend an. Dann nickt Herbert wie zur Bestätigung und sagt: »In genau so einer Küche hat sie damals gearbeitet, meine Kaltmamsell.«

»Kaltmamsell?«, wiederholt Mika verständnislos. »Was ist das denn?«

Zur Antwort führt Herbert Daumen und Zeigefinger an seine Lippen und küsst sie schmatzend. »Das, mein Junge, ist jemand, der die leckersten kalten Speisen der Welt macht: Salate, Häppchen und andere Köstlichkeiten!« Genüsslich schließt Herbert die Augen, wie um besser all die sagenhaften Dinge vor sich sehen zu können. »Das konnte sie wirklich, ja, das konnte sie wirklich! Und«, hier zwinkert Herbert Mika fröhlich zu, »sie hat mich in einige ihrer Geheimnisse eingeweiht!«

Plötzlich ist Mika sehr aufgeregt. »Dann ... dann kannst du Gurkenherzen? Und vielleicht sogar ... Tomatenrosen?«

»Aber natürlich, mein Herr. Gurkenherzen, Tomatenrosen und noch vieles mehr.« Herbert neigt würdevoll den Kopf. »Kleine Kostprobe gefällig?«

Warm, wärmer, heiß!

BRRRR!

Wenn der Wecker könnte, würde er jetzt den Kopf schütteln. Warum eigentlich stellt der Junge ihn immer wieder auf sechs Uhr morgens, wenn er sich dann überhaupt nicht das kleinste bisschen rührt?

BRRRR!

Bald hat der Wecker keine Lust mehr. Was ist das überhaupt für ein Leben, nie zur Kenntnis genommen zu werden, sosehr man sich auch mit seinem schönsten Läuten abmüht?

BRRRR!

Hoffentlich endet es heute nicht wie sonst mit einem unbarmherzigen, harten Schlag auf den Ausstellknopf!

BRR...

Mika schlägt unbarmherzig und hart auf den Ausstellknopf. Nicht jetzt schon, das kann doch gar nicht sein?! Ist die Nacht denn schon wieder vorbei? Na ja, sehr lang ist sie wirklich nicht gewesen. Schließlich waren er und Herbert noch sehr beschäftigt. Bei der Erinnerung daran muss Mika kichern. Es fing mit einem einzigen Gurkenherz an, allerdings was für einem Gurkenherz! Wunderschön war es, ganz und gar gleichmäßig und viel zu schade zum Aufessen!

Mika wollte noch mehr von Herberts Künsten sehen. Da hat dieser noch schnell eine Tomatenrose gemacht. So schnell, dass Mika ihn nun endgültig für einen Zauberer hielt. Er konnte sich gar nicht genug darüber wundern, wie geschickt Herberts Hände trotz der langen Fingernägel mit dem Gemüse umgingen. Geduldig erklärte ihm Herbert genau, was und wie er es machte.

Mika wollte es nun selbst ausprobieren. Er kramte alles heraus, was der Kühlschrank an Resten des Tages hergab. Gemeinsam erfanden sie daraus die schönsten Sachen: Radieschenmäuse mit riesigen Salamiohren, außerirdische Käsewürfel mit Schnittlauchantennen, glibberige Monsterglupschaugen aus hart gekochten Eiern und Mayonnaise. Als alles aufgebraucht war, bespritzten sie noch ein paar Teller mit Ketchup-Gesichtern und verzierten einige Gläser mit angefeuchteten Basilikumblättern. Wenn sie jetzt noch Gäste gehabt hätten, wäre es fast so schön wie früher gewesen!

Nicht ganz so lustig war allerdings das Aufräumen danach. Aber Mika fühlte sich trotzdem seltsam leicht und froh, als er Herbert endlich spät in der Nacht in sein Zimmer brachte. Käthe hatte auch tatsächlich bereits sein Bett bezogen. Sie und Teddy schliefen allerdings schon längst.

Jetzt muss er aber aufstehen! Papa würde wohl kaum später als sonst das Hotel aufschließen, nur weil sein Herr Sohn inzwischen drei Gäste beherbergt und dementsprechend drei Frühstücke machen und drei Zimmer aufräumen muss. Also Beeilung!

Als Mika in den Anbau kommt, hört er schon von Weitem Teddys Stimme, die viel lauter und aufgeregter klingt als sonst.

»Nein, keinen Schritt setze ich aus diesem Zimmer! Erst möchte ich wissen, wo Silvester ist! Er ist noch nie weggelaufen! Wer weiß, vielleicht hat ihn jemand entführt?«

»Quatsch, wer sollte wohl einen nichtsnutzigen kleinen Hund entführen, der ständig irgendwo hinpieselt?«, blafft Käthe Teddy ungehalten an.

»Was ist denn los?« Mika tritt erschrocken ins Zimmer.

»Ach, Silvester ist nicht hier. Bestimmt hat er sich irgendwo gemütlich schlafen gelegt.« Käthe versucht das ganz gleichgültig zu sagen, aber Mika kann trotzdem den besorgten Ton in ihrer Stimme hören.

»Mika, Silvester ist noch nie von mir weggelaufen! Bestimmt ist er irgendwo gefangen und hat ganz furchtbare Angst!« Der riesige Teddy lässt den Kopf hängen und sieht plötzlich klein und hilflos aus.

»Nun, vielleicht könnte man die anderen Gäste befragen, ob sie etwas gesehen haben. Ohne sie zu belästigen, natürlich. Und dann das Personal, vielleicht hat jemand vom Personal etwas bemerkt. Ich könnte das übernehmen, ich kenne mich da aus. Mir machen sie nichts vor, nein, mir nicht, Herrschaften.« Herbert scheint vergessen zu haben, dass sie alle heimlich hier sind. Er scheint sich schon ganz wie zu Hause zu fühlen.

»Nein, bist du verrückt?« Mika schüttelt entsetzt den Kopf. »Ihr müsst alle erst einmal raus aus dem Hotel, sonst wird euch Papa noch entdecken.« Schon bei dem Gedanken daran fängt Mikas Herz wild zu klopfen an. »Ich werde Silvester suchen. Er kann doch nicht weit sein ...«

Wie zur Bestätigung hören sie erst ein ganz leises »Wuff« und dann ein noch leiseres Winseln. Plötzlich reden alle durcheinander.

»Silvester! Silvester, wo bist du? Warte, ich komme zu dir!« Teddy ist ganz außer sich.

»Habt ihr das gehört? Ob ihr das gehört habt, will ich wissen? Oder seid ihr alle schon zu alt und zu taub?«, kreischt Käthe dazwischen.

»Aha, da haben wir es! Ich werde sofort das Personal befragen, wo sie den kleinen Hu...«

»Ruhe!!!« Mika muss seine ganze Kraft in seine Stimme legen, um sich bemerkbar zu machen. »Ruhe!

Wenn ihr alle hier herumschreit, hören wir Silvester nicht mehr und werden ihn nie finden!«

Sofort verstummen alle und blicken Mika erwartungsvoll an. Der spürt, dass er jetzt die Führungsrolle übernommen hat, dass alle von ihm erwarten, Silvester wiederzufinden.

Er überlegt kurz. Da fällt ihm etwas ein, was ihm Mama einmal erzählt hat: Als er noch klein war und zu krabbeln anfing, ahmte sie ihn nach und krabbelte auf allen vieren durch das Hotel. Nur so, hat sie ihm erklärt, war sie wie er und konnte mit seinen Augen sehen und erkennen, welche Gefahren in solch einem Hotel für ein kleines Kind lauerten: Steckdosen, ungeschützte Kabel, zerbrechliche Vasen und Ähnliches.

Diese Geschichte hat Mika immer sehr gefallen, er mochte die Vorstellung, wie er und Mama gemeinsam durch das Hotel krabbelten. Deswegen konnte er sich auch so gut daran erinnern.

»Runter auf alle viere!«, befiehlt Mika.

Als ihn alle nur verständnislos anschauen, fügt er erklärend hinzu: »Das Winseln und Bellen vorhin klang sehr leise und weit weg. Aber es war bestimmt hier im Hotel! Wenn wir Silvester also finden wollen, müssen wir so klein sein wie er. Vielleicht ist er in ein Loch im Boden gefallen oder in einem Spalt eingeklemmt und kommt nicht mehr heraus!« Kurzerhand lässt sich Mika auf Knie und Hände fallen und krabbelt los.

Teddy, Käthe und Herbert schauen sich zweifelnd an. Ihrem Blick nach zu urteilen, sind sie sich nicht sicher, ob Mika nicht völlig übergeschnappt ist.

Doch nach kurzem Zögern und da ihnen selbst auch nichts Besseres einfällt, macht einer nach dem anderen mit: Teddy krabbelt wie ein schwerfälliger Berner Sennenhund, Käthe sieht auf allen vieren aus wie ein lebhafter grauer Pudel, und Herbert bewegt sich elegant wie ein Windhund. Als er sich allerdings schon nach wenigen Schritten in seinem eigenen langen Bart verheddert, der nun bis auf den Boden hängt, wirkt er nicht mehr ganz so vornehm.

Auch Teddy und Käthe müssen erst noch ein bisschen üben; als plötzlich ein erneutes Winseln zu hören ist, krabbeln beide so hektisch in entgegengesetzter Richtung um das Bett herum, dass sie schließlich an einer Ecke mit den Köpfen zusammenstoßen.

Käthe will gerade anfangen zu fluchen wie ein Fußballspieler, den man kurz vor dem sicheren Torschuss foult. Doch da bringt Mika sie mit einer Handbewegung zum Schweigen.

»Ruhe! Ich habe Silvester genau gehört: Wir müssen den Flur hier rechts hinunter, wenn wir zu ihm wollen.« Er krabbelt los und alle hinterher. Dann stoppt er.

»Silvester, mach ›Wuff‹«, ruft Mika und horcht.

Tatsächlich: »Wuff« kommt als klägliche Antwort zurück.

»Weiter, weiter!«, drängt Mika und krabbelt voraus.
»Silvester, mach noch einmal ›Wuff‹«, bittet er wieder.

Er fühlt sich wie beim Topfschlagen, das er früher immer so gern auf Kindergeburtstagen gespielt hat: Ein Kind hat die Augen verbunden und krabbelt auf der Suche nach dem Topf mit dem darunter versteckten Gewinn im Raum umher. Die anderen versuchen das Kind mit den Rufen »warm« oder »kalt« zu steuern, bis es endlich in der Nähe des Topfes ist, dann wird es »wärmer« und schließlich ganz »heiß«. Ach, wenn doch auch Silvester mit seinem Bellen solche Hinweise geben könnte!

»Silvester! Silvester!«, ruft Mika wieder.

»Wuff!«

Alle krabbeln in einer Reihe den Flur herunter, als würden sie von einer unsichtbaren Schnur gezogen. Ab und zu bleibt Mika stehen, um in eine Kommodenschublade oder eine große Bodenvase zu gucken. Die anderen folgen seinem Beispiel. Teddy untersucht, was sich hinter einem losen Tapetenfetzen verbirgt, und Käthe späht angestrengt durch ein klitzekleines Lüftungsgitter, durch das Silvester niemals hindurchpassen würde. Herbert scheint nicht richtig zu wissen, wo er suchen soll. Er starrt erst an die Decke und lugt dann unschlüssig unter den bunten Teppichläufer.

Nichts, nirgendwo ist Silvester zu entdecken. Dennoch wird sein Winseln immer lauter, je weiter sie den

Flur hinunterkrabbeln. ›Warm, wärmer‹, hört Mika plötzlich eine innere Stimme.

Jetzt krabbelt er so schnell und zielstrebig, dass die anderen kaum noch hinterherkommen. Er achtet nicht auf ihre lautstarken Proteste, und auch als ein hörbares »Autsch!« ihm anzeigt, dass Herbert schon wieder über seinen Bart gestolpert ist, dreht er sich nicht um. Denn eben war Silvester recht laut zu hören. ›Heiß, Mika, heiß!‹

Mika fegt in nahezu halsbrecherischer Geschwindigkeit um die Ecke Richtung Küche. Da knallt er hart mit seinem Kopf gegen ein Hindernis. Er stoppt so plötzlich, dass seine Freunde hinter ihm einer nach dem anderen den Vordermann anrempeln.

Auweia! Mika wagt gar nicht den Kopf zu heben. Das Hindernis trägt Schuhe. Damenschuhe. Damenschuhe, die Mika gut kennt.

»Wuff!«

Auch das noch! Silvester ist jetzt ganz nah, wohl genau über ihm. ›Heiß, Mika, heiß.‹

Vorsichtig schaut Mika ein ganz klein wenig höher. Die Schuhe stecken an Beinen in einer dunklen Hose. Mika schaut noch ein Stückchen höher. Auf die Hose folgt eine lange Bluse. Die Bluse hat Arme, die Silvester tragen. Silvester, der jetzt nicht mehr winselt, sondern sein Propellerschwänzchen angeworfen hat und die Hände an den Armen eifrig abschleckt.

Mutig schaut Mika schließlich ganz nach oben. Ja, das hat er schon geahnt. Fanny.

»Was tust du da, Mika?« Fannys Stimme klingt nicht gerade so, als würde sie ihn nach seinen nächsten Geburtstagswünschen fragen. Sie hört sich sehr ungemütlich an. »Und wer sind diese Leute dort?«

»Die? Ach, die ...« Mika dreht sich um, als müsste er erst nachgucken, wen Fanny überhaupt meint. Teddy, Käthe und Herbert hinter ihm scheinen zu Steinen erstarrt zu sein. Bewegungslos bleiben sie einfach auf allen vieren stehen.

»Ach die. Sie haben eben am Hotel geschellt und nach einem kleinen schwarzen Hund gefragt«, erklärt Mika leichthin.

Hinter sich hört er Käthe zischen: »Eine blödere Geschichte konnte dir wohl nicht einfallen!«

Doch Mika lässt sich nicht beirren. »Oho«, versucht er Überraschung zu heucheln, »wie ich sehe, hast du den Hund ja schon gefunden! Na, so ein Zufall!«

»Ja, ich habe ihn schon gefunden. So ein Zufall. Er lag im Küchenschrank auf meinen Geschirrhandtüchern und die Tür war wohl zugefallen. Er kam jedenfalls nicht mehr heraus.«

»Das kommt nur, weil du mit Herbert unbedingt noch mitten in der Nacht in die Küche musstest. Er hat euch eben gesucht«, giftet Käthe leise durch ihre zusammengebissenen Zähne hindurch.

Fanny hört das Gott sei Dank nicht. Sie streicht Silvester sanft über den Kopf, während sie leicht tadelnd hinzufügt: »Die Tücher kann ich jetzt alle erst einmal waschen. Sie sind ziemlich feucht.«

Dann setzt sie Silvester vorsichtig auf den Boden, der sofort freudig kläffend zu Teddy läuft und an ihm hochspringt.

»Aha«, stellt Fanny fest, »dieser Teil der Geschichte scheint wenigstens zu stimmen. Der Hund gehört wohl tatsächlich zu diesen Leuten.« Sie sieht Mika nun sehr streng an. »Mika, ich frage dich noch einmal: Wer sind sie?«

Mika senkt den Kopf. Anschauen mag er Fanny jetzt nicht. »Wie ich schon gesagt habe: Sie waren auf der

Suche nach dem Hund und haben hier geklingelt«, beharrt er. Er dreht sich zu Teddy, Käthe und Herbert um. »Nun haben wir euren Hund ja gefunden und ihr könnt wieder gehen.«

Gehorsam krabbeln alle drei los in Richtung Ausgang.

»Sie können jetzt allerdings auch gern wieder aufstehen«, bemerkt Fanny trocken.

Schnell schiebt Mika seine Freunde durch die Halle und die Tür nach draußen. Dann schlendert er laut pfeifend an Fanny vorbei, als sei überhaupt nichts Besonderes gewesen. Doch aus den Augenwinkeln heraus kann er sehen, wie Fanny auf die Haustür starrt und dabei immer wieder ungläubig den Kopf schüttelt.

Sprung ins kalte Wasser

Mit dem Mut ist es eine seltsame Sache: Er versteckt sich oft und ist dann nicht leicht zu erkennen. Das hat zumindest Papa immer zu Mika gesagt, als er noch nicht so viel in seinem Büro hockte. Papa meinte, es gibt Mut, der nur so tut, als sei er einer. Den nannte er lauten, dummen Angeber-Mut. »Der wahre Mut für wirkliche Helden ist viel leiser und unauffälliger«, meinte Papa.

Er und Mika haben oft ein Spiel daraus gemacht, für jede Art von Mut möglichst viele Beispiele zu finden. Auf dem Geländer einer wackligen Hängebrücke über einen Fluss mit Krokodilen zu balancieren, sich auf eine Weide zu stellen und einen Stier mit einem Stock zu piksen, mitten auf der Straße freihändig Fahrrad zu fahren – alles das kam auf die Liste mit dem Angeber-Mut. Aber dem starken Ben mal richtig die Meinung zu geigen, die dicke Rosi beim Sportunterricht in die eigene Mannschaft zu wählen oder als Einziger nicht mitzumachen, wenn alle anderen mitten auf der

Straße freihändig Fahrrad fahren – das war etwas für wahre Helden.

Manchmal waren Mika und Papa allerdings nicht einer Meinung. Für Mika waren zum Beispiel die Leute Helden, die nur an einem Gummiseil befestigt von einem ganz hohen Turm springen – aber das wollte Papa einfach nicht einsehen, da war nichts zu machen.

Mika würde Papa gern fragen, wie er das nennen würde, was er heute vorhat. Doch das kann er leider nicht, denn er muss es heimlich tun, wie so vieles in letzter Zeit. Auf jeden Fall, da ist sich Mika ganz sicher, braucht er heute viel Mut, und zwar den echten und wahren.

Er hat es sich lange überlegt, ob er es überhaupt tun soll. »Ins kalte Wasser springen« – so nennt Papa es immer. Das bedeutet, dass man manchmal einfach handeln muss, gegen alle Bedenken und Einwände und ohne dass man genau weiß, was einen erwartet. Genau das hat Mika heute vor, ins kalte Wasser zu springen.

Schon oft ist ihm in letzter Zeit aufgefallen, dass Teddy, Käthe und Herbert in ihren Hotelzimmern ganz anders aussehen als draußen auf der Straße. Mika weiß nicht, warum das so ist. Aber er möchte es herausfinden. Außerdem wird seine Neugier immer stärker, zu sehen, wo seine Freunde den Tag verbringen, bevor sie abends zu ihm ins Hotel kommen.

Ein bisschen mulmig ist Mika schon. Schließlich weiß er gar nicht, wo er seine Freunde suchen soll, und auch nicht, ob sie sich überhaupt freuen werden, ihn zu sehen. Nur bei Silvester ist er sich ziemlich sicher. Bei dem Gedanken an den kleinen Hund merkt Mika plötzlich, dass er auch unbedingt herausfinden will, ob es Silvester da draußen gut geht.

Also los. Es ist so weit. Es ist Nachmittag, das Mittagessen ist vorbei und die Hotelgäste unterwegs oder auf ihren Zimmern. Henry und Fanny haben sich in die Küche zurückgezogen und Papa hockt sowieso wieder in seinem Büro. Niemand wird ihn vermissen.

Während sich Mika seine Jacke anzieht, muss er so herzhaft gähnen, dass er sich fast sein Kinn im Reißverschluss einklemmt. Seit ein paar Tagen hat er wieder Schule, und das bedeutet, dass er noch eine halbe Stunde früher als sonst aufstehen muss, um rechtzeitig die Zimmer im Anbau aufzuräumen. In der Mathestunde gestern sind ihm sogar kurz die Augen zugefallen, und seine Lehrerin hat ziemlich spitz bemerkt, es täte ihr leid, ihn so zu langweilen.

So, Mütze auf, Handschuhe an, und ab nach draußen. Oje, ist das eisig. Wie eine Schildkröte zieht Mika seinen Kopf tiefer in die Jacke und steckt seine Hände in die Taschen, denn der Wind dringt sogar durch seine Strickhandschuhe. Um sich herum sieht er lauter Schildkröten über die Bürgersteige hasten, alle Leute haben ihren Kopf so tief wie möglich in ihre Mäntel vergraben. Möglichst schnell versuchen sie, der Kälte zu entkommen, und steuern ein warmes Café, ihr Auto oder ihr Zuhause an.

Mika läuft nicht so schnell, denn er blickt abwechselnd auf die linke und die rechte Straßenseite. An der

nächsten Kreuzung biegt er ab, sucht weiter. Nichts, er kann Silvester und die anderen nicht entdecken. Nachdem er eine Weile ziellos umhergelaufen und schon ziemlich durchgefroren ist, bleibt er ratlos stehen. So hat das keinen Sinn, so wird er sie nie finden.

Ein Mann läuft an ihm vorbei. Ob er ihn einfach fragt? »Entschuldigen Sie«, beginnt Mika unschlüssig, »können Sie mir sagen, wo ...«

Dann bricht er ab. Wo was? Wonach soll er fragen? Können Sie mir bitte sagen, wo ich einen kleinen schwarzen Hund finde, der überall hinpieselt? Oder: Wissen Sie vielleicht, wo die Leute wohnen, die keine Wohnung haben? Auch nicht viel besser. Inzwischen ist der Mann schon weitergegangen, nachdem er Mika nur einen wütenden Blick zugeworfen hat.

»Kann ich dir helfen, mein Junge?«, fragt da eine Stimme hinter ihm.

Mika dreht sich um. Eine alte Frau blinzelt ihn durch ihre dicken Brillengläser hindurch freundlich an.

»Na ja«, beginnt er erneut, »ich suche ... ich meine ...« Pause. Mika befürchtet schon, auch die alte Frau würde weitergehen, aber sie scheint es nicht eilig zu haben.

»Ja, was meinst du?«, versucht sie lächelnd zu helfen.

»Ich meine, wo sind eigentlich die Leute, die nirgendwo wohnen, also, die sogar manchmal draußen schlafen müssen, weil sie ...« Wieder weiß Mika nicht weiter.

»Ach herrjeh, du meinst die Obdachlosen?«

Die alte Dame schüttelt erst betrübt den Kopf, schaut Mika dann aber scharf und durchdringend an.

»Was willst du denn von ihnen, du willst sie doch wohl nicht ärgern?«

Dann aber gibt sie sich sofort selbst die Antwort.

»Nein, so siehst du nicht aus. Du bist ein netter Junge, nicht wahr?«

Sie mustert ihn und nickt.

»Ja, das bist du.«

Dann seufzt sie schwer.

»Die Leute, die du suchst, werden sich irgendwo einen trockenen Platz gesucht haben. Davon gibt es leider zu dieser Jahreszeit nicht allzu viele.«

Die Augen hinter den Brillengläsern gucken plötzlich ganz traurig.

»Versuche es mal an der Eisenbahnbrücke, hinten am Hauptbahnhof. Weißt du, wie du da hinkommst?«

Mika nickt. Mit Papa hat er schon oft Gäste vom Bahnhof abgeholt, den Weg kennt er gut.

»Ich würde dich gern begleiten, aber meine Beine wollen heute nicht so recht. Warte mal.« Die alte Frau öffnet ihre Tasche und zieht ein kleines Päckchen heraus. »Hier sind ein paar Kekse, die kannst du mitnehmen. Viel ist es ja nicht. Nun mach schon, mach schon«, drängt sie, während sie sich schwer auf ihren Gehstock stützt. »Sonst wird es noch dunkel, bevor du dort ankommst.«

Mika wendet sich zum Gehen. Doch seine Beine sind merkwürdig schwer, immer langsamer und schleppender werden seine Schritte.

Da hört er hinter sich noch einmal die Stimme der alten Frau: »Nur Mut, Junge, nur Mut!«

Mika erstarrt. Was meint sie damit? Weiß sie von seinem und Papas Spiel? Oder hat sie das einfach nur so gesagt? Als er zurückblickt, ist die alte Frau schon verschwunden.

Noch lange hallt ihre leicht zittrige Stimme in seinem Kopf wider, während er die Richtung zum Hauptbahnhof einschlägt: »Davon gibt es leider zu dieser Jahreszeit nicht allzu viele ... einen trockenen Platz ... wenigstens ein paar Kekse ...« Mika schaudert.

Dann die letzte Biegung, geschafft. Gleich wird er den Bahnhof sehen können, und ein wenig weiter rechts auch die Brücke ... Tatsächlich, da sind sie!

Mika bleibt oben an der Straße stehen und schaut hinunter zu der Brücke unter den Gleisen. Alle sind da, Silvester, Teddy, Käthe, Herbert und auch noch andere Leute, die Mika nicht kennt. Sie sitzen an die Pfeiler gelehnt, bedeckt mit Zeitungspapier oder notdürftig in alte Decken eingehüllt, einige stehen auch beisammen und reden. Die Schrille Käthe kann Mika bis hier oben hören.

Eine Weile bleibt Mika so stehen. Er weiß jetzt, warum ihm Silvester und die anderen hier draußen, außerhalb des Hotels, so merkwürdig vorkommen. Weil sie merkwürdig sind, also anders als die anderen Leute um sie herum. In ihren Zimmern im Hotel, da ist sonst niemand, da passen sie gut hin. Aber hier, auf der Straße … da sind sie irgendwie fremd. Sie laufen nicht schnell vor dem Wetter davon, sie haben keine Mantelkrägen schützend hochgeschlagen, keine Schildkrötenköpfe eingezogen. Sie stehen oder sitzen einfach da, obwohl sie auf nichts warten. Mika schluckt.

Plötzlich hallt ein ohrenbetäubendes Kläffen unter der Brücke wider! Silvester hat ihn entdeckt! Aufgeregt saust der kleine Hund hin und her, sein Propellerschwänzchen ist in voller Bewegung, und ab und zu jault er verzweifelt auf, weil er nicht weiß, wie er zu Mika kommen kann.

Da schaut Teddy zu ihm hoch. Überrascht hebt er die Hand, scheint dann zu zögern. Mika erinnert sich verlegen daran, wie er Teddy auf dem Rummelplatz getroffen und so getan hat, als würde er ihn gar nicht kennen. Jetzt wedelt er heftig mit der Hand, um Teddy zu zeigen, dass es diesmal anders ist.

Teddy lächelt, nimmt Silvester auf den Arm und beginnt die schmalen Stufen hochzusteigen, die zur Straße führen. Es dauert lange, denn immer wieder bleibt er zwischendurch stehen, um zu verschnaufen. Endlich ist er oben und kommt langsam auf Mika zu.

»Mika, Junge, was machst du denn hier?«, brummt er freundlich. Aber dann zeigt sich eine besorgte Falte auf seiner Stirn, als er nachfragt: »Es ist doch nichts mit unseren Zimmern? Hat dein Vater alles entdeckt? Dürfen wir nicht mehr kommen?«

Mika schüttelt den Kopf, während Silvester eifrig versucht, an die Kekspackung in seiner Hand zu gelangen. Er klingt ganz heiser, als er antwortet: »Nein, nein, das ist es nicht. Ich wollte dir nur etwas sagen.« Dann aber schweigt Mika.

»So, was denn?«, ermuntert ihn Teddy. »Nun sag schon, vor mir brauchst du doch keine Angst zu haben.«

Mika nickt. Plötzlich guckt er Teddy gerade in die Augen und sagt sehr entschlossen: »In dem Anbau sind noch drei andere Zimmer frei.« Und dann, als Teddy nicht antwortet, sondern ihn nur ganz seltsam anschaut, bekräftigt er: »Noch drei andere Zimmer sind frei, verstehst du? Drei Zimmer, in denen noch drei Leute übernachten können.«

Teddy nickt bedächtig. »Ja, Mika, ich verstehe. Noch drei Zimmer, in denen noch drei Leute übernachten können. Ja, ich verstehe.« Jetzt scheint Teddy etwas im Auge zu haben, denn er reibt und wischt plötzlich darin herum. Dann lächelt er verlegen. »Danke, Mika Bär!«, sagt er leise.

Warmer Lichterglanz

Mika schleppt sich durch den Hotelflur. Jede Teppichkante erscheint ihm wie eine hohe Stufe, die er nur mühsam erklimmen kann. Er ist so schrecklich müde!

Er ist so müde, dass seine Mathelehrerin unbedingt mit Papa sprechen will, weil er inzwischen regelmäßig im Unterricht einschläft. Er ist so müde, dass er mittags kaum noch Hunger hat und sich deswegen ständig Henrys und Fannys sorgenvollen Blicken ausgesetzt sieht. Er ist so müde, dass er ernsthaft überlegt hat, seinen Wecker für sein frühes Gebimmel zu bestrafen und in den nächsten Mülleimer zu befördern. Das hat er dann aber doch nicht gemacht, denn der Wecker kann schließlich nichts dafür. Er tut nur, was man ihm per Knopfdruck befiehlt. Außerdem kommt es Mika manchmal auf wundersame Weise so vor, als hätte auch sein Wecker Gefühle.

Es ist aber auch kein Wunder, dass Mika sich kaum noch wach halten kann: Inzwischen ist die Zahl seiner

Gäste im Anbau auf sechs angewachsen und das bedeutet: sechs Mal Betten machen und wieder abziehen, sechs Mal Frühstück zubereiten und abräumen. Nach seinem Besuch an der Brücke hat Teddy sich nicht lange bitten lassen: Schon am nächsten Abend brachte er einen weiteren Übernachtungsgast mit, am Abend darauf wieder einen und schließlich den dritten und letzten.

Jetzt ist der Anbau voll, und Mika weiß gar nicht mehr, wie er das alles noch schaffen soll. Aber was kann er machen? Jemanden bitten zu gehen, damit es wieder weniger werden? Wen denn? Einen seiner Freunde vielleicht, Teddy, Käthe oder Herbert? Auf gar keinen Fall! Dann einen von den Neuen? Den schüchternen Hugo, der nie ein Wort sagt, oder Ilse, die so tolle Räubergeschichten erzählen kann? Oder vielleicht Udo, der nie seinen Hut abnimmt, sodass Mika sich schon gefragt hat, ob er überhaupt Haare auf dem Kopf hat? Nein, nein, nein und nochmals nein!

Ihm bleibt eben nichts anderes übrig, als weiterzumachen. Vielleicht könnte er sich jetzt vor dem Abendessen noch ein Stündchen hinlegen, es ist ja erst vier Uhr nachmittags. Das ist immer eine recht ruhige Zeit im Hotel.

Da hört Mika plötzlich etwas Seltsames. Ein Lied. Ein Weihnachtslied! Er horcht genauer. »Stihille Naaacht, heilige Naaacht, keiner schläft …«

»Quatsch mit Soße!«, wird der Gesang plötzlich schrill unterbrochen. »Könnt ihr nicht mal die einfachsten Texte? Es heißt: ›alles schläft‹, nicht ›keiner schläft‹. Also noch mal, jetzt aber richtig! Was soll denn Mika sonst von uns denken?«

»Stihille Nacht, heilige Nacht, alles schläft …«, hört Mika den Gesang wieder. Er scheint aus vielen verschiedenen Stimmen zu bestehen. Plötzlich mischt sich ein »Wuff« ein. Es scheinen sogar Tiere mitzusingen!

Jetzt erkennt Mika, aus welchem Raum der Gesang kommt: Es ist der Wohnraum neben der Küche, der Raum, auf dem »Privat« steht und in dem sie früher immer alle zusammen Weihnachten gefeiert haben. Könnte es sein, dass … Mika beginnt zu laufen, läuft immer schneller, stürmt schließlich auf den Raum zu und reißt die Tür auf.

Dann steht er stumm und staunt. Das ganze Zimmer ist von warmem Lichterglanz erfüllt. Überall flackern Kerzen, auf der Kommode, dem Esstisch, auf der Fensterbank. Die größten und schönsten aber stehen auf einem Tannenbaum, einem echten, einem mit grünen, klebrigen, piksenden Nadeln. Mitten im Zimmer steht er, in einem alten verrosteten Eimer. Er ist nicht besonders groß und, ehrlich gesagt, auch nicht besonders prächtig. Außerdem ist er recht krumm gewachsen und besonders viele Zweige hat er ebenfalls nicht. Und die wenigen sind so dünn, dass sie sich unter der Last der

Kerzen biegen. Dennoch ist es der schönste Baum, den Mika je gesehen hat.

»Ich habe keinen besseren gefunden«, hört Mika Käthes nun gar nicht mehr so schrille Stimme fast ein wenig entschuldigend sagen. »Neben der Brücke wächst halt nicht so viel, und ich konnte ja schlecht in den Park gehen und vor allen Leuten seelenruhig einen Superbaum ausbuddeln. Also musste es dieser sein.«

Mika schaut auf. Erst jetzt bemerkt er, wer alles noch im Zimmer ist. Erwartungsvoll sehen ihn Käthe, Teddy und Herbert an, Silvester zerrt ungeduldig an seinem Hosenbein, Hugo, Ilse und Udo nesteln verlegen an dem Tuch des gedeckten Tisches herum. Und der Tisch ist wunderschön gedeckt, wie Mika feststellt: Weiße Teller stehen auf einem weißen Tuch, das Silberbesteck, das Mama immer nur zu besonderen Gelegenheiten herausgeholt hat, liegt daneben, und alles ist verziert mit kunstvollen Gurkenherzen und Tomatenrosen. Mikas anerkennender Blick geht zu Herbert und der nickt furchtbar stolz.

»Wie habt ihr … ich meine, wie konntet ihr …«, will Mika gerade wissen, als noch zwei weitere Personen aus der Küche in das Zimmer kommen. Es sind Henry und Fanny.

Jetzt muss sich Mika aber erst einmal setzen. Er plumpst auf den nächstbesten Stuhl und schaut die beiden erschrocken an. Werden die beiden sie jetzt bei Papa verraten? Werden sie alles kaputt machen, bevor es überhaupt erst richtig angefangen hat?

»Schon in Ordnung, es ist schon in Ordnung, Mika«, beruhigt Fanny ihn, als könne sie seine Gedanken lesen. »Wir haben alle zusammen diese Weihnachtsfeier für dich vorbereitet. Wir wissen Bescheid, schon lange!«

»Glaubst du denn wirklich, wir hätten all die Zeit nichts bemerkt?«, mischt sich Henry jetzt lächelnd ein.

»Nicht die seltsamen Leute inmitten der Reisegesellschaft«, an dieser Stelle wirft ihm Käthe einen giftigen Blick zu, »nicht die vielen verschwundenen Frühstücksbrötchen ...«

»... und nicht den überall hinpieselnden kleinen Hund?«, ergänzt Fanny und streichelt Silvester sanft über den Kopf, der treuherzig und ganz und gar unschuldig zu ihr nach oben guckt. »Und glaubst du etwa, wir hätten nicht gesehen, wie traurig du oft bist?«, fügt Fanny noch leise hinzu.

»Ja, und müde!«, redet Henry weiter. »Also wollten wir der Sache auf den Grund gehen und haben dich eine Zeit lang beobachtet. Und du hast es nur ein einziges Mal bemerkt«, ergänzt er noch stolz. »Dabei haben wir dann diese Herrschaften«, hier nickt Henry den anderen zu, »kennengelernt, die uns einige interessante Dinge über dich erzählt haben.«

»Ja, Mika«, sagt Fanny fast ein wenig eifersüchtig, »sie wussten Sachen über dich, die du uns noch nie erzählt hast. Warum bist du denn nicht zu uns gekommen?«

Mika kann gar nichts mehr sagen. Er schaut nur noch fassungslos in die Runde. Aber schließlich lächelt er zaghaft. »Und wir feiern jetzt Weihnachten? Jetzt, am ...«, er überlegt einen Moment, »... am zweiundzwanzigsten Januar?«

»Na, besser spät als nie!«, dröhnt Teddys Stimme durch den Raum. »Und nun lasst uns endlich anfangen!«

Es wird ein Weihnachtsfest, wie Mika es sich schon sehr, sehr lange gewünscht hat. Sie sitzen an dem echten Tannenbaum und singen Lieder, Henry und Fanny haben ein leckeres Essen vorbereitet, und es gibt sogar einige kleine Geschenke: Teddy und die anderen haben für Mika besonders schöne Steine gesammelt, mit denen er jetzt noch besser *Hase und Jäger* spielen kann, und Henry und Fanny überreichen ihm grinsend ein Buch mit dem Titel »Hundeerziehung leicht gemacht – garantiert stubenrein in drei Tagen«.

Und doch fehlt etwas. Oder besser gesagt: jemand. Mika wünscht sich, dass auch Papa bei diesem Weihnachtsfest dabei sein könnte. Aber das geht natürlich nicht. Er kann froh sein, dass Henry und Fanny nichts verraten haben.

Wenn er nur nicht so müde wäre! Immer wieder fallen ihm während der Feier die Augen zu, schließlich muss er seinen Kopf sogar mit der Hand am Tisch abstützen.

Fanny bugsiert ihn schließlich zu dem großen Ohrensessel in der Zimmerecke. »Mika, Mika«, schimpft sie kopfschüttelnd, »du musst mal wieder richtig schlafen, anstatt die halbe Nacht auf den Beinen zu sein! Aber dafür werde ich von jetzt an sorgen, glaub mir, dafür werde ich von jetzt an sorgen!«

Mika schaut sie dankbar unter schon halb geschlossenen Lidern hindurch an. Langsam verschwimmt das Zimmer vor seinen Augen, in seinem Kopf beginnt sich alles zu drehen. Er spürt, wie er in einen immer größer werdenden Strudel hineingerät, der ihn mit sich in den erlösenden Schlaf reißen will. Willig lässt er sich in die Tiefe ziehen … bis er noch einmal erschreckt hochfährt. Er hat eine Stimme gehört, eine ihm nur allzu bekannte Stimme!

»Was zum Teufel ist denn hier los?«, kommt es drohend von der Tür. Dort steht – Papa.

Heiße Eisen, kühler Kopf

Mika kämpft. Er will mit Papa sprechen, will ihm alles erklären, ihn davon abhalten, seine Freunde hinauszuwerfen. Er will ihm sagen, wie schön es ist, dass sie nun wieder mit einem echten Baum Weihnachten feiern, auch wenn der noch nicht einmal so groß wie Mika selbst ist.

Aber er kann nicht. Er schafft es einfach nicht. Sosehr er auch gegen seine Müdigkeit ankämpft, sie ist einfach zu groß und zu stark für ihn. Sie umschlingt ihn mit ihren riesigen Armen und hüllt ihn ein in eine Decke, die warm und leicht, fast schwerelos ist. Wie gern würde Mika sich von der Müdigkeit in den Schlaf wiegen lassen, doch die Angst ist zu groß. Die Angst, dass dann alles wieder so wird wie zuvor.

Aber jetzt kann Mika nicht mehr, er gibt auf und sinkt in den Sessel zurück. Noch dringen Stimmen zu ihm durch. Oder gehören die schon zu einem Traum? Er weiß es nicht.

»Das war unsere Idee, Herr Bär. Lassen Sie die anderen in Ruhe. Wir wollten, dass Mika wieder froh ist«, hört er die sonst so sanfte Fanny jetzt sehr energisch sprechen.

Dann gibt es Gemurmel und Papa brummt irgendetwas gereizt dazwischen.

»Was wissen Sie denn schon? Wann haben Sie überhaupt das letzte Mal mit Ihrem Jungen geredet? Ich meine, wirklich geredet?«, dringt Käthes schrille Stimme aufgeregt an Mikas Ohr.

Wieder Gemurmel, wieder Papas böses Brummen.

»Und *Hase und Jäger*? Wie steht es damit? Na? Wann haben Sie zuletzt *Hase und Jäger* mit Mika gespielt? Können Sie mir das vielleicht einmal verraten?« Das muss Teddy sein.

Diesmal Stille, bis auf ein kleines »Wuff«. Aha, Silvester mischt sich auch ein.

»Ja, und schön miteinander gefeiert? So wie jetzt, meine ich? Mit einer netten Tischdekoration vielleicht, die für eine gewisse festliche Stimmung sorgt? Wann haben der Herr denn das zum letzten Mal gemacht?« Sogar im Traum drückt sich Herbert sehr gewählt aus.

Plötzlich erklingen viele Stimmen durcheinander. Mika meint Henry zu erkennen, der wohl versucht, sie alle zu beruhigen. Aber ganz sicher ist sich Mika nicht, denn nun endlich nimmt ihn der tiefe Schlaf endgültig mit in sein sorgen- und traumloses Reich.

Mika schläft. Er schläft tief und fest und gut. Er weiß nicht, ob er Stunden oder Tage oder Jahre so schläft, aber als er aufwacht, fühlt er sich frisch und stark. Er liegt in einem warmen weichen Bett und neben ihm sitzt Papa.

Oh weh. Mika rutscht erschrocken ein Stückchen tiefer und zieht sich die Decke über den Kopf. Jetzt fällt ihm alles wieder ein. Und eines steht fest: Dass Papa mitten in der Weihnachtsfeier auftauchte, war bestimmt kein Traum. Wie wird es nun weitergehen?

Mika beschließt, erst einmal abzuwarten. Vorsichtig schielt er durch einen kleinen Spalt zu Papa hinauf. Der sitzt einfach nur da und starrt aus dem Fenster. Ab und zu streicht er sich dabei nachdenklich übers Kinn. Dann kommt es.

»Hm«, sagt Papa.

Mika wartet.

»Hm, hm«, sagt Papa und räuspert sich.

Mika antwortet immer noch nicht. Langsam beginnt er unter der Decke zu schwitzen.

»Ja, also«, fährt Papa fort und räuspert sich wieder.

Aber dann weiß er offensichtlich nicht weiter, denn es folgt eine längere Pause. Schließlich wendet er den Kopf und schaut zu Mika. Er hebt eine Hand und zieht die Decke von dessen Gesicht. Eine Weile starren sie sich wortlos an.

»Das geht natürlich nicht, Mika«, beginnt Papa

schließlich. »Es geht nicht, dass du irgendwelche wildfremden Leute von der Straße hereinholst und hier schlafen lässt, ohne mich zu fragen, und dass ... dass ...«, jetzt wird Papas Stimme plötzlich ganz leise, »... dass du mit diesen Leuten mehr redest als mit mir. Was soll denn das, Mika? Warum kommst du denn nicht zu mir?«

Papa sieht plötzlich genauso müde aus wie Mika noch vor wenigen Stunden. Mika fühlt, wie er rot wird. Er weiß nicht, was er sagen soll, also bleibt er lieber still.

»Ja, ja, ich weiß schon«, gibt sich Papa schließlich selbst die Antwort, »ich habe mich viel zu sehr in meinem Büro verkrochen und gar nicht mehr gemerkt, was um mich herum los ist. Und wohl vor allem nicht, was mit dir los ist.« Als er Mikas erstauntes Gesicht sieht, fährt Papa fort: »In den letzten Stunden, als du geschlafen hast, habe ich viel geredet und viel nachgedacht. Oder, besser gesagt, es wurde viel mit mir geredet, und es wurde viel für mich nachgedacht. Also, in einigen Dingen haben deine Freunde sicherlich nicht recht, vor allem ...«, hier senkt sich Papas Stimme zu einem verschwörerischen Flüstern, »... vor allem mit dieser Käthe ist nicht gut Kirschen essen. Aber«, nun spricht Papa wieder lauter, »ich muss zugeben, dass es in letzter Zeit für dich nicht besonders schön mit mir war. Und für mich übrigens auch nicht, ich meine, manchmal wollte ich selbst gar nicht mehr mit mir zusammen sein.«

Papa schweigt einen Moment lang hilflos. »Aber du wirst sehen, Mika, das wird sich ändern, wir werden wieder mehr miteinander machen. Wir werden ...«

»Was ... was wird aus ...«, unterbricht Mika ihn ängstlich.

Papa versteht sofort, was er meint.

»Was aus deinen Freunden wird? Na, was glaubst du wohl?«

Papa schaut ihn mit sehr, sehr finsterem Gesicht an, muss dann aber doch lachen.

»Glaubst du etwa, ich würde sie jetzt hinauswerfen? Nachdem sie mir einen so großen Dienst erwiesen und einen so schönen Weihnachtsbaum gebracht haben? Mitten im Januar?« Papa muss wieder lachen. Dann aber fährt er ernst fort: »Du weißt, Mika, dass wir beide und auch Henry und Fanny von dem leben, was wir mit diesem Hotel verdienen. Ich muss die Zimmer im Anbau für Geld vermieten, alles andere können wir uns leider nicht leisten.«

Mika dreht verzweifelt sein Gesicht zur Wand.

»He he!«

Papa streichelt sanft Mikas Wange und wendet dessen Kopf wieder so, dass sie sich anschauen.

»Wir haben lange darüber geredet, deine Freunde und ich. Und Fanny!«

Hier verdreht Papa ein wenig die Augen.

»Ich glaube, wir haben eine ganz gute Lösung gefunden: In den ersten drei Monaten des Jahres, also von Januar bis März, vermiete ich die Zimmer im Anbau sowieso nie, weil da keine Tagungen oder

Kongresse stattfinden. Dann können deine Freunde gern hier wohnen. Danach müssen sie sich leider etwas anderes suchen. Aber der Winter ist dann ja auch fast vorbei, und es ist wenigstens nicht mehr so kalt. Fanny meinte, sie kennt jemanden mit einer großen, ungenutzten Lagerhalle, vielleicht lässt sich da etwas machen. Aber in jedem Fall«, hier zwinkert Papa Mika aufmunternd zu, »ist unsere Küche das ganze Jahr über für sie geöffnet. Auf den einen oder anderen Teller Suppe und ein paar Würstchen mehr oder weniger kommt es nun wirklich nicht an. Aber Mika«, jetzt schaut Papa ihn gespielt streng an, »eines musst du mir versprechen: Du wirst Silvester beibringen, nicht in jede Ecke zu pieseln. Er soll sich bitte melden, wenn er mal muss!«

Mika nickt glücklich. Nie wieder werden seine Freunde eine eiskalte Winternacht draußen verbringen müssen!

»Aber einen Nachteil hat das Ganze natürlich.« Jetzt verfinstert sich Papas Gesicht wieder.

»Was denn?«, fragt Mika erschrocken.

»Na ja, Käthe besteht darauf, dass wir von nun an immer zusammen Weihnachten feiern. Das bedeutet, dass wir das jetzt immer im Januar machen müssen, denn im Dezember ist das Hotel noch voll. Außerdem verlangt Käthe, dass wir ihren ... ähem ... zierlichen Baum draußen im Hof einpflanzen und jedes Jahr zur Feier hereinholen.«

Nun müssen Papa und Mika beide lachen.

»So, mein Junge, und jetzt ruhst du dich noch ein wenig aus, während ich beim Aufräumen helfe. Denn das sollst du nun wirklich nicht mehr allein machen.« Papa steht auf und geht zur Tür.

»Papa«, ruft Mika ihm hinterher.

»Ja?«

Mika schluckt. »Das hätte Mama gefallen«, sagt er.

Papa sieht ihn schweigend an. Dann nickt er. »Ja, ich glaube, du hast recht. Das hätte Mama gefallen.«

Kleiner Nachtrag

Zwei Wochen später klemmt sich Mika sein neues Hase-und-Jäger-Brett unter den Arm. Das hat er passend zu den neuen Steinen von Papa bekommen und sie wollen es noch heute ausprobieren.

An der Rezeption findet er Papa in einem Gespräch mit einem Herrn vor, der mal wieder nach sehr viel Geld und nach sehr wenig Freundlichkeit aussieht und von dem Papa bestimmt wieder sagen wird: »Wir brauchen alle Gäste, auch solche.«

Aber heute sagt Papa etwas anderes. Er sagt: »Dies, mein Herr, sind unsere Gäste aus den Zimmern im Anbau. Sie werden hier bis Ende März wohnen bleiben und Sie sicherlich nicht belästigen. Falls Ihnen das aber nicht recht ist«, bei diesen Worten hebt Papa seine Stimme energisch an, »steht es Ihnen selbstverständlich frei, sich ein anderes Hotel zu suchen.«

Das, findet Mika, gehört eindeutig auf die Liste mit dem wahren Mut.

Von guten Geschichten und Taten –
Ein kleines Nachwort

Mit guten Geschichten verhält es sich normalerweise sehr seltsam. Es gibt recht viele von ihnen, und sie halten sich an ganz normalen Orten und Plätzen auf. Eigentlich gibt es sie überall.

Und doch sind diese guten Geschichten sehr schwer zu finden. Sie geben sich nämlich nicht so einfach zu erkennen. Und wenn man nicht ganz genau hinschaut, kann es passieren, dass man sie überhaupt nicht bemerkt!

Mit der Geschichte in diesem Buch aber war es ganz anders. Ich weiß noch genau, wie wir uns begegnet sind. Es war an einem Winterabend, schon ein bisschen später. Ich hatte es mir auf dem Sofa gemütlich gemacht und sah mir eine Nachrichtensendung im Fernsehen an. Die Sendung war schon fast vorbei, nun kam der letzte Beitrag vor dem Wetter. Ich muss gestehen, dabei fallen mir vor Müdigkeit oftmals ein bisschen die Augen zu, so auch damals …

Doch dann, ohne Vorwarnung, schoss die gute Geschichte aus dem Fernseher heraus, direkt auf mich zu! Sie sprang mich an, packte mich bei den Schultern, schüttelte mich und brüllte: »He, wach auf, du Schlafmütze! Hier bin ich, deine gute Geschichte. So lange suchst du schon nach mir, also höre mir jetzt bitte schön auch zu!«

Und ich hörte zu. Plötzlich saß ich kerzengerade auf dem Sofa und hörte und sah die Geschichte von Ben Ahmed, einem Hotelbesitzer aus Brüssel, der im Winter obdachlose Menschen kostenlos in seinem Hotel übernachten lässt. Na, wenn das keine gute Geschichte war! Da gab es jemanden, der etwas hatte, was andere dringend brauchten – und er gab es ihnen. Einfach so. Er verkaufte es ihnen nicht, nein, er schenkte es ihnen! Da war er, mein Held, nach dem ich so lange Ausschau gehalten hatte (denn ein wahrer Held gehört nun einmal unbedingt zu einer guten Geschichte dazu)!

Nun mussten die Geschichte und ich uns noch ein bisschen besser kennenlernen, und dann konnte ich sie aufschreiben. Aus Ben Ahmed wurde dabei zwar Mika, und es ist bestimmt nicht alles ganz genau so passiert, wie ich es erzähle. Aber im Kern ist es doch dieselbe Geschichte geblieben.

Inzwischen habe ich Ben Ahmed einen Brief geschrieben und ihm von dem Buch erzählt. Er hat sich sehr darüber gefreut! Mittlerweile nimmt er in seinem Hotel auch Flüchtlinge auf, also Menschen, die aus anderen Ländern fliehen, weil dort Krieg oder Terror herrschen. Denn, so schrieb er mir, »es ist zu traurig, mit anzusehen, welches Unrecht in diesen schönen Ländern geschieht«.

Zum Schluss bat mich Ben Ahmed, den Kindern, die dieses Buch lesen, noch etwas auszurichten. Damit seid Ihr gemeint. Diese Worte sind also für Euch bestimmt:

»Das Gute lässt sich nicht bezahlen und macht dennoch reich.«

Jutta Nymphius

Spielanleitung für Hase und Jäger

Man braucht:
- ein Schachbrett
- einen Hasen (weiße Figur oder weißer Spielstein)
- vier Jäger (schwarze Figuren oder schwarze Spielsteine)

Ziel des Spiels:
Der eine Spieler ist der Hase, die anderen sind die Jäger. Der Hase muss die gegenüberliegende Seite des Spielfeldes erreichen, um zu gewinnen. Kann der andere Spieler ihn daran hindern, ist er der Sieger.

Spielaufstellung:
Gespielt wird nur auf den schwarzen Feldern. Der Hase startet auf E1, die Jäger gegenüber auf B8, D8, F8, H8.

Spielverlauf:
Die Jäger versuchen den Hasen durch Einkesseln daran zu hindern, die gegenüberliegende Seite zu erreichen. Kann der Hase nicht mehr davonspringen, das heißt keinen Zug mehr machen, haben die Jäger gewonnen.

Der Hase beginnt, dann wird abwechselnd gezogen. Der Hase darf pro Zug zu einem der benachbarten schwarzen Felder springen (vor, zurück oder diagonal). Die Jäger hingegen ziehen immer vorwärts. Pro Zug darf immer nur eine Jägerfigur zu einem der zwei benachbarten schwarzen Felder in Vorwärtsrichtung gezogen werden.

Heiß-kaltes Inhaltsverzeichnis

Jutta Nymphius wurde 1966 in Bremerhaven geboren. In Köln und Florenz studierte sie italienische, deutsche und spanische Literatur und arbeitete anschließend viele Jahre als Lektorin für Kinder- und Jugendbücher, bevor sie sich ganz dem Schreiben widmete. Mit ihrem Mann, ihren drei Kindern und Katze Emma lebt sie in Hamburg.

Stephan Pricken wurde 1972 in Moers geboren. Nach seinem Grafik-Design-Studium an der Fachhochschule Münster gründete er mit ein paar Kollegen die Ateliergemeinschaft *Hafenstraße 64*. Dort arbeitet er seit 2004 als freier Illustrator. Mit seiner Frau und seinem Sohn wohnt er in Münster, Haustiere hat er keine. (Gott sei Dank haben die Nachbarn welche.)

Omaspätzle und Gänseglück

€ 12,95 (D)/€ 13,40 (A)

ISBN 978-3-86429-253-8

Nick und seine Oma sind unzertrennlich. Doch Oma ist krank und Nick möchte sie aufheitern. Nur womit? Oma mochte in ihrer Kindheit die Gänse Peter und Silie gern. Das bringt Nachbar Paul auf eine Idee: Nick und er gehen bei einem Zeltausflug auf Gänsejagd! Aber das ist nicht so einfach wie gedacht ...

»*Was für ein spannendes Abenteuer mit wunderbarem Happy End!*«
Westfälische Nachrichten

Die ungewöhnlichste Mission der Welt!

€ 12,95 (D)/€ 13,40 (A) · ISBN 978-3-86429-113-5

»Hey, ich hab 'nen Flummi verschluckt!«, schreit Kalli über den Gartenzaun. Hannes stellt sich taub und steckt die Nase tiefer in den Agententhriller. Aber so schnell gibt Kalli nicht auf. Und ehe sich's Hannes versieht, sind die beiden auch schon unterwegs auf geheimer Mission.

»Ein richtig gutes Kinderbuch ...« NDR

TULIPAN-Newsletter
Tolle Lesetipps kostenlos per E-Mail!
www.tulipan-verlag.de

© Tulipan Verlag GmbH, München 2016
Alle Rechte vorbehalten
2. Auflage 2016
Text: Jutta Nymphius
vermittelt durch die Literaturagentur erzähl:perspektive,
München (www.erzaehlperspektive.de)
Bilder: Stephan Pricken
Lektorat und Redaktion: Angela Mense
Layout und Satz: www.lenaellermann.de
Umschlaggestaltung: www.anettebeckmann.de
Druck: GGP Media GmbH, Pößneck
ISBN 978-3-86429-252-1

HERBERT

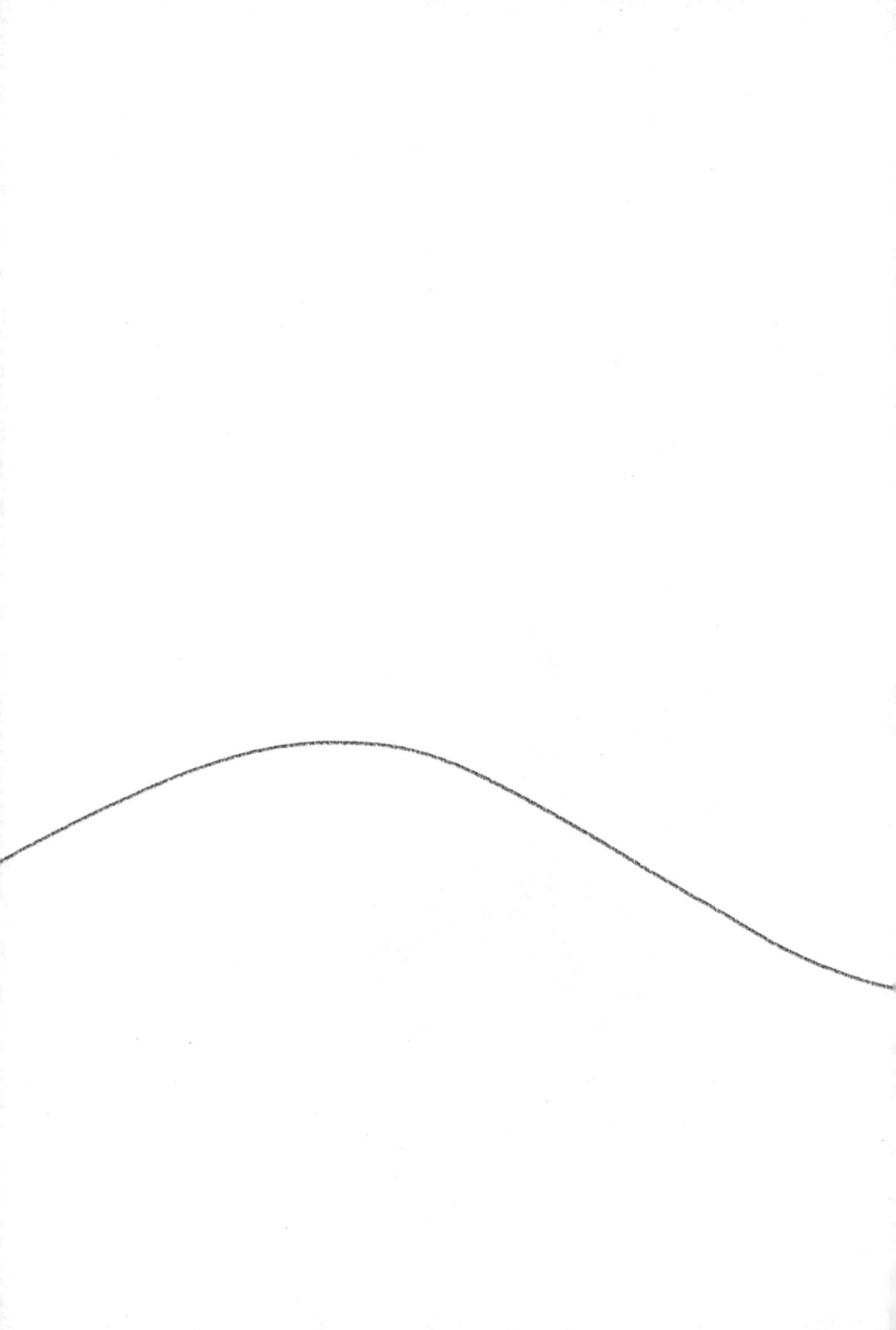